Der Autor
Prof. Dr. Renier Relherb

Wieviel Liebe braucht ein Mann
Renier Relherb – Hamburg 2013

Herstellung und Verlag: Bod – Books on Demand, Norderstedt
ISBN 9783732290499

Er war alleine ins Konzert in der Laeiszhalle gegangen, seltener Zufall. Am liebsten genoss er Kultur im Freundes- und Bekanntenkreis, um anschließend darüber noch ein wenig zu plaudern.

Noch beschäftigt mit unerledigten Kleinigkeiten des zurückliegenden Tages - er schaffte sein Pensum nie - ließ er die ersten Takte des zweiten Brandenburgischen Konzertes über sich ergehen. Der helle Klang der hohen Trompeten erfüllte ihn nach und nach mit festlicher Stimmung und seine Konzentration galt mehr und mehr der Aufführungen der von ihm geliebten Barockmusik. Durch den Rhythmus der Musik wurde sein Gefühl angestoßen und in Resonanz schwang sein Inneres bei den letzten Takten mit. Er liebte diese Art des Kunstgenusses. Intellektuelle Anflüge bekämpfte er regelmäßig beim Hören von Musik. Er wollte sich im Moment des Erlebens nicht die Noten vor seinem geistigen Auge vorstellen, er wollte traumhaft genießen.

Die anschließend dargebotene Trompetensonate von Purcell traf ihn wohl eingestimmt und froh. Wie zur Selbstbestätigung blickte um sich und gewahrte in seiner unmittelbaren Nachbarschaft ein weibliches Wesen von ungewöhnlicher Schönheit. Während er dieses in sein Stimmungsbild noch einordnen konnte, bereitete ihm doch ein zweites optisches Erlebnis erhebliche Konfusion: Diese schöne Frau weinte, nicht laut, aber immerhin merklich und diese Gefühlsausbrüche schienen von der dargebotene Musik gesteuert!

Nun muss man nach dem Manne suchen, der nicht triebhaft veranlasst wird, eine schöne, weinende Frau zu trösten. So auch hier. Hinzu kam eine Neugierde des Musikgenießers. Wie konnte die eine zu Tränen rühren, was den anderen froh stimmte und von Alltagssorgen löste?

Er beschloss, in der Konzertpause der Sache auf den Grund zu gehen. Gesagt getan! Die Realisierung seines Annäherungsversuches bereitete ihm keinerlei Schwierigkeiten. Seine bewundernswerte Konzertnachbarin war deutlich jünger als er selbst und etwa in dem Alter, das er täglich in seinem beruflichen Umfeld als Professor erlebte. Nachdem das Pausenzeichen die Zuhörer wieder auf ihren Plätzen versammelt hatte, sprach er seine Nachbarin unvermittelt an. „Ich", sagte er, "gehe entweder ins Konzert, um mein musikalisches Wissen zu erweitern oder um zu genießen. Nun bin ich mir seit ein paar Takten sicher, dass es auch noch andere Motive für einen Besuch gibt. Ich werde es allerdings nicht durchschauen, wenn man es mir nicht erklärt." „Ja?", sagte sie und blickte ihn erstaunt an, „Ja! Es ist vielleicht gut, wenn ich das einem anderen und mir klar mache." „Abgemacht!", erwiderte er etwas zu forsch und bemerkte, dass bei dieser Unterhaltung doch wohl die Polarität zwischen Mann und Frau mehr Pate gestanden hatte, als er sich zunächst eingestehen wollte.

Die Musik setzt ein und enthob so beide Gesprächspartner einer weiteren Konversation. Seine Hochstimmung blieb, während ihre Rührung etwas nachzulassen schien.

Am Ende der Veranstaltung lud er sie zu einem Glas Wein in eines der Restaurants in der Kaiser-Wilhelm-Straße ein. Es ergab sich dabei zunächst insofern eine Komplikation, als sie einen jüngeren Begleiter bei sich hatte. Er bezog diesen sofort in seiner Einladung ein und man landete schließlich zu dritt in einem Pub, einem antiquiert ausgestatteten Lokal, in dem es viele gemütliche Plätzchen zum Plauschen gab, die man aber alle einsehen konnte.

1

Es stellte sich heraus, dass seine beiden Gäste Studenten waren, die sich progressiv mit Sonja und Henry vorstellten. Er überspielte diese Haltung, indem er beide mit ihrem Vornamen ansprach, sie dabei aber siezte.

Die jungen Leute plauderten offen über ihre Gefühle. Die Erklärung der Tränen im Konzertsaal klang ihm aber vordergründig. Sie sei halt ein gemütsvoller Typ und es kämen ihr wie Luther beim Anhören schöner Musik wohl öfter die Tränen.

Man sprach über dies und jenes, über das Studium, über Berufsaussichten, über das Essen und

Trinken, eine Mischung von Smalltalk und Tiefgang, wie Studenten es gerne tun. Er überließ seinen beiden Gästen über weite Strecken die Initiative, um sich der Beobachtung, besser der Bewunderung von Sonja voll widmen zu können. Sie bot optisch eine reizvollen Mischung aus Naivität und Reife. Ihre Schönheit war überquellend und etwas ungebändigt. Auch beim näheren Hinsehen blieb er bei der Feststellung, dass sein Gegenüber eine ungewöhnlich schöne junge Frau war. Ihre braunen Augen blickten für den Geschmack seiner Generation etwas zu fest in die seinen. Natürlich, sie konnte ihre Augen auch niederschlagen, aber das geschah dann als Rollenspiel und lockend. Sie war für ihn eigentlich etwas zu groß und mochte wohl eher Idealgewicht als Normalgewicht besitzen. Ihre festliche Kleidung verbarg einen Teil ihrer Figur. Es war aber zu erahnen, dass die verborgenen Teile sich harmonisch in das überaus erfreuliche Gesamtbild einfügten.

Irgendwann musste für ihn auch dieser amüsante Abend zu Ende gehen und so deutete er gegenüber seinen Gästen die Absicht an, den Nachhauseweg antreten zu wollen. Dabei lud er beide aus Höflichkeit dazu ein, sich von ihm nach Hause chauffieren zu lassen, denn es war spät geworden und die öffentlichen Verkehrsmittel stellten um diese Zeit ihren Tagesbetrieb ein und fuhren nur noch vereinzelt.

Die beiden jungen Leute ergriffen gerne die Mitfahrgelegenheit. Sonja schlug zur Vereinfachung vor, dass er beide an der Wohnung von Henry absetzen möge. Er war erstaunt über die direkte Konfrontation mit privaten Einzelheiten, als Henry diesen Vorschlag mit der Bemerkung unterlief, er habe anderen Tages eine wichtige Klausur zu schreiben und es wäre doch sicher für sie möglich, in einer der folgenden Nächte bei ihm vorbei zu kommen.

„So eine ist das also!", dachte er und wie zur Selbstberuhigung versuchte er sich klarzumachen, dass die jüngere Generation in diesem Punkte anders dachte und reagierte wie die seine.

Nachdem er Henry abgesetzt hatte, chauffierte er seine hübsche Begleiterin in den Norden der Stadt. Während sie ihn vor einem Wohnblock anhalten ließ, erlaubte er sich wie zum Abschied die Bemerkung, dass dies für ihn insbesondere durch ihre Anwesenheit ein schöner Abend geworden sei. Damit wollte er es eigentlich bewenden lassen, aber diese Sätze kamen ihm zu steif und unpersönlich vor. Er war es sich plötzlich selber schuldig, den Abschied persönlicher zu gestalten und so fügte er hinzu: „Vieles an ihnen hat mich erfreut, manches sogar beglückt, einiges hat mich jedoch in der Weise überrascht, dass ich es als störend für ihr Gesamtbild empfand und die Frage nach ihren Tränen im Konzertsaal haben sie mir eigentlich auch nicht beantwortet." Mit diesen Worten stieg er aus und öffnete seiner jungen Begleiterin die Wagentür. Sie zögerte mit ihrem Abschied und er gewann den Eindruck, dass sie diese Unterhaltung gerne fortgesetzt hätte. Nun war er in Aufbruchstimmung und sein Verhalten schien dies auch deutlich zum Ausdruck zu bringen, denn Sonja sagte nach einer Pause: „Jetzt, da ich weiß, dass sie von mir nichts bestimmtes wollen, wie fast alle anderen Männer, möchte ich Sie bitten, mit mir noch auf eine Tasse Tee hinaufzukommen. Ich möchte nämlich gerne von Ihnen erfahren, welches Verhalten in mein übriges Gesamtbild nicht hineinpasst. Seit ich mir Gedanken über mich mache, beschäftigt mich dieses Problem, ich leide darunter, Stilbrüche zu begehen, ohne sie genau zu kennen. Und das mit meiner Heulerei im Konzert sehen Sie natürlich richtig. Ich wollte auf keinen Fall Henry erfahren lassen, was dahinter steckt." Bei diesen Worten hatte sie sich zum Gehen gewandt und er folgte ihr in einen der üblichen Hausflure, deren Kasernencharakter sehr zur Anonymität der Bewohner beiträgt. Er registrierte das einerseits mit Abscheu, andererseits mit Erleichterung, denn Anonymität war ihm für seine Situation etwas wert.

Als sie ihre Wohnungstür geöffnet und einiges Licht gemacht hatte, konnte er einen Schritt aus dem Halbdunkel eines unpersönlichen Hausflurs in eine freundliche, für eine Studentenbude viel zu elegant eingerichtete kleine Wohnung tun. Sie musste wohl den Eindruck kennen, den der erste Blick in ihr Zimmer auf Besucher hinterließ und sagte wie zu ihrer Entschuldigung zu ihm: „Meine Eltern sind betucht, somit fällt für ihre Tochter etwas mehr ab als es normalerweise in dieser Situation der Fall ist."

Ihre Wohnung bestand aus einem großen Raum, der geschickt in eine kleine Kochecke und eine Arbeitsnische unterteilt war. Beim Anblick der überbreiten Couch, die wohl auch als Bett diente, musste er wieder an die Freizügigkeit der jungen Generation in sexuellen Dingen denken und er bemerkte, dass dies ihn in diesem einen Fall sehr störte, obgleich er ansonsten solche Erkenntnisse und Erfahrungen ohne Wertung aufnahm. Vor einem gläsernen Couchtisch standen dann noch zwei überdimensional große Polstersessel. In einem davon fand er die Partitur des Trompetenkonzertes vom Purcell. Er blätterte darin und kam wiederum auf die Tränen von Sonja zu sprechen. Nun, in der vertrauten Umgebung ihrer vier Wände gelang es ihm, der Wahrheit auf die Spur zu kommen. Er bemerkte am Klang ihrer Stimme schon während der ersten Sätze, dass sie sich aussprechen wollte und dass dies wohl ihr persönliches Kernproblem war, welches sie sich anschickte, ihm zu offenbaren.

„Ich kenne viele junge Männer ",sagte sie, „Aber nur wenige würde ich gerne dauernd um mich haben. Zu diesen gehört Jens. Er ist Musiker. Er spielt fantastisch Trompete. Ich weiß nicht, in was ich mehr verliebt bin, in ihn oder in seine Trompete! Er hat heute Abend mitgespielt. Sie haben ihn selbst gehört! Bläst er nicht traumhaft? So wie er bläst, ist er auch in seinem Wesen: Hell, klar, perfekt, pünktlich, taktvoll. Nur - er mag mich nicht mehr, oder er mochte mich vielleicht nie!" Sie begann für kurze Zeit hemmungslos zu schluchzen, fasste sich dann aber wieder und fuhr fort: „Alle möglichen Männer laufen hinter mir her, genauer, sie stellen mir nach, nur der eine einzige, dem ich nun hinterher laufe, der mag ausgerechnet mich nicht! Wir haben noch nicht einmal miteinander ge … ." Sie hielt inne und verbesserte sich: „Er wollte noch nicht einmal eine Aussprache, nachdem er sich von mir getrennt hatte." „Das führt doch zu nichts!", hat er am Telefon nur gesagt.

Er versuchte Sonja zu beruhigen. Um dieses Vorhaben erfolgreich durchzuführen, hätte er mehr Details ihrer unglücklichen Liebesgeschichte kennen müssen. Obwohl ihm das klar war, hinderte ihn etwas daran, weitere Einzelheiten zu erfragen. So kam es zu einem Tröstungsverhalten, das für beide Seiten unbefriedigend sein musste. Er speiste sie mit Allgemeinplätzen ab, zitierte den Volksmund und lenkte sie dann schließlich ganz von dem Thema ab, bevor es ihm zu quälend wurde.

Sie lud ihn zum bleiben ein, inzwischen hatte er sich dies in aller Heimlichkeit gewünscht; die junge Frau vor ihm fesselte erregte und mehr seine Begierde. Andererseits glaubte er es seinem Image als Beichtvater oder väterlichem Freund schuldig zu sein, ihr gegenüber mehr den Ritter als den Raubritter heraus kehren zu müssen. So kam es zu einem Verhalten, das er sich nie zugestanden hätte und dass ihm auch später im Nachhinein immer wieder Verwunderung über sich verschaffte.

Er fragte Sonja, ob diese ihre Einladung ihm als Mann oder als Freund gelte. Hätte er die Frage nicht gestellt, wäre der Fall klar gewesen, denn eine enttäuschte Liebe wendet sich schnell einer anderen zu. So forderte er die Antwort förmlich heraus, dass sie nunmehr einen Freund benötige, der sie verstehe, nicht ausnutze und sie sicher sei, diesen in ihm gefunden zu haben. Sie machte das Doppelbett. Beide legten sich hinein. Sie hauchte ihm einen Freundschaftskuss auf die Wange und beide versuchten vergeblich Schlaf zu finden. Ihn ließ

die selbst auferlegte Zurückhaltung nicht zur Ruhe kommen. Die Spannung war zu stark für

seine Sinne, sie war wohl im Zwiespalt der Gefühle zwischen ihrer alten unglücklichen Liebe und ihrer neuen, deren sie sich noch nicht bewusst geworden war, unfähig, erlösenden Schlaf zu finden.

Sie lagen am anderen Morgen beide wach nebeneinander und bestätigten sich gegenseitig, dass sie schlecht geschlafen hätten; sie gaben sich höfliche Erklärungen ab, dass daran nicht der andere, sondern sie selbst schuld seien, und merkten beide, dass sie sich mit diesen Formulierungen etwas vormachten.

Schließlich begann er, ihre Stirn und ihre Augenbrauen sanft zu streicheln. Sie verstummten beide. Sie wurden beide innerlich ruhiger und rückten einander näher. Doch er wusste, dass er dieses Spiel abbrechen musste. Seine beruflichen Pflichten verlangten seine Anwesenheit an anderem Ort und harte Jahre der Entbehrung hatten ihn erkennen lassen, dass erfolgreich und wohlhabend nur ist und bleibt, wer beruflich erobertes Terrain nicht leichtfertig aufs Spiel setzt. Er hätte auch noch moralische Bedenken haben müssen, gestand er sich in diesem Augenblick ein, aber die Art dieses Eingeständnisses zeigte ihm, dass er sie eigentlich schon nicht mehr hatte.

So geschickt und einfühlend wie er konnte, löste er sich von Sonja. „Eine große Liebe wie die unsere braucht Zeit, um sich zu entfalten", hörte er sich sagen, „Schließlich müssen wir erst einmal per Du werden und unsere Gefühle voreinander entfalten", fügte er hinzu. Sonja schwieg. Inhaltlich war sie mit dem Meisten einverstanden, was er ihr sagte, aber die Grammatik ihrer Gefühle wollte sie nun doch nicht diskutieren, auch später nicht. „Seit mehr als tausend Jahren ist nun die erotische Zurückhaltung der Frau gegenüber dem Mann im Gerede", sagte sie sich, „Und nun kommt ausgerechnet ein konservativer Liebhaber daher und kehrt das Verhaltensmuster um!" Sie empfand das als unnatürlich. Verwirrung und Unsicherheit verschlugen ihr die Sprache.

Sie kleideten sich an. Es geschah mit einer gewissen Scheu. Beim Frühstück sprachen sie darüber und mussten beide lachen.

„Wie heißt du eigentlich?", fragte Sonja dann unvermittelt, „Du hast uns gestern nur deinen Familiennamen genannt, und den habe ich sogleich wieder vergessen." Bevor er antwortete, musste er eine Weile über sich nachdenken. „Da hättest du beinahe mit einer schönen Frau ein Liebeserlebnis gehabt, ohne dass sie deinen Namen, geschweige dich genau kennt" So eine Situation hatte er vor Jahren häufig im Traume erlebt. Er erinnerte sich jetzt plötzlich daran. Bevor er seine Reminiszenzen weitertreiben konnte, unterbrach sie ihn durch die etwas ungeduldige Wiederholung

4

ihrer Frage nach seinem Namen. „Entschuldige!", erwiderte er nun, „Ich musste gerade ein bisschen träumen." „Du musstest träumen?", fragte sie erstaunt und ungläubig. „Ja!", sagte er, " „Darüber reden wir bei unserem nächsten Zusammentreffen. Dann werde ich von meinen Problemen reden, so wie du gestern Abend von deinen erzählt hast. Im Übrigen will ich dir nicht verheimlichen, dass ich den ungewöhnlichen Vornamen Hyazinth trage. Er hat mir lange Zeit selber nicht gefallen. Im Augenblick finde ich mich mit ihm wieder ganz gut ab." „ Hyazinth? ", fragte sie gedehnt, „Das muss ja wohl vor hundert Jahren schon antiquiert gewirkt haben!" „Gewiss!", sagte er, „Mein Großvater trug diesen Vornamen auch, und er hat mir zu seinen Lebzeiten erzählt, dass er besonders als Kind seine liebe Last mit diesem Vornamen hatte. Er hat immer behauptet, dass dies mit zu seiner Individualisierung beigetragen habe. Ich bin sicher, dass es bei mir auch zu einer derartigen Wechselwirkung kam."

Das verstand sie nicht, und er fühlte sich genötigt, weiter auszuholen. „Meine Schulkameraden haben mich natürlich oft gehänselt wegen meines Vornamens", begann er, „Sie drängten mich damit in eine Extrarolle, vergleichbar der eines Außenseiters. Das hat mich unwillkürlich veranlasst zu glauben, dass ich anders bin als viele andere, und ich habe

daraus bis zum heutigen Tage das Vorrecht abgeleitet, mich hin und wieder auch anders zu verhalten als meine Umgebung. Die Außenseiterrolle hat sich aber auf bestimmte Bereiche beschränkt. Ich bilde mir ein, in Grunde keinen Randstatus oder gar Außenseiterstatus zu haben. In der Beliebtheitsrangordnung meiner Umgebung wurde ich immer deutlich in den oberen Etagen eingestuft."

„Du redest wie ein Professor in einer Vorlesung, genau so akademisch und ichbezogen", sagte sie voller Hohn, sah ihn dabei aber sehr vertraut und liebevoll an. „Ich bin ein Professor!", entfuhr es ihm leicht entrüstet, doch sogleich hatte er sich wieder in der Gewalt und er fügte hinzu: „Es wäre schlimm, wenn man das nicht bisweilen bemerkte." „Bist du auch entsprechend zerstreut?", fragte Sonja wieder etwas höhnisch und lauernd. „Natürlich!", erwiderte er, „Ich vergesse regelmäßig die Geburtstage meiner Freunde und Bekannten, wenn ich mich über sie kurz zuvor geärgert habe, und Rondezvous auch, sobald mir was Wichtiges dazwischen kommt."

„Das kann ja heiter mit dir werden", lachte Sonja. Er spielte den Erschrockenen und meinte: „Du scheinst in der Tat ernste Absichten mit mir zu haben." Sie wurde ein wenig verlegen und sagte dann bestimmt: „Zumindest bin ich so lange an dir interessiert, bis ich von dir genauso viel Persönliches in Erfahrung gebracht habe wie du gestern Abend von mir!"

Obgleich es komisch wirkte, wie sie es sagte, war es wohl ernst gemeint.

Er brach diese Art Unterhaltung ab und wurde recht geschäftig, tauschte Telefonnummern aus und verabredete sich für den kommenden Tag mit ihr in Aumühle. Dies ist ein kleiner, aber mondäner Ort im Osten Hamburgs gelegen. An einem See in unmittelbarer Nähe der S-Bahn-Station nach Hamburg gibt es mehrere nette Restaurants. Der Ort liegt mitten im Sachsenwald. Dieser Sachverhalt war der Ausgangspunkt seiner Überlegungen gewesen. Ihn reizte ein längerer Waldspaziergang mit seiner jugendlichen Bekannten.

Als er allein das Haus, in dem er genächtigt hatte, verließ, störten ihn die Blicke anderer Hausbewohner im Flur und im Aufzug zu seiner Verwunderung wenig. Es hatte sich in diesem Punkte über Nacht eine erstaunliche Gleichgültigkeit bei ihm eingeschlichen. Er fuhr wohl gelaunt in sein Sekretariat und hatte den Eindruck, dass die Arbeit ihm heute besonders rasch von der Hand ging. Gegen Mittag nahm er einigen Studenten seiner Vorlesung ihre Zwischenprüfungen ab, und sein Beisitzer machte in bei der üblichen Abschlussbesprechung zur Notenfindung darauf aufmerksam, dass er heute wohl ausgesprochen wohlwollend prüfe.

Vor dem Verlassen der Universität setzte er sich noch schnell ohne Gewissensbisse telefonisch mit seiner Familie in Verbindung.

Er hatte zwei beinahe erwachsene Töchter, an denen er sehr hing. Besonders stolz war er auf ihren bisherigen schulischen Werdegang. Er spürte seine Veranlagungen durchschlagen, ihr großes Anlehnungsbedürfnis war in seinen Augen ein Erbmerkmal seiner Frau.

Er erreichte seine jüngere Tochter am Telefon. Sie schwärmte von ihren letzten schulischen Erlebnissen und nahm am Rande zur Kenntnis, dass ihr Vater sich für einige Tage aus seiner Familie zurückziehen wollte. Das war für sie keine Besonderheit. Er hatte bisher mehrmals im Jahr das Bedürfnis, sich zum Abfassen wissenschaftlicher Artikel zurückzuziehen, und alle Familienmitglieder wussten, dass er dies benötigte, um auf seinem Gebiet erfolgreich zu sein. Sie kannten auch seine Reaktionen, wenn man ihn in diesem Bemühen nicht gewähren ließ. Aus einem sonst toleranten und ausgeglichenen Vater wurde dann ein pedantischer Besserwisser und seine Frau erlebte den sonst eher unkritischen Kostgänger als unausstehlichen Tischgenossen, der spontan ins Restaurant lief, weil es ihm angeblich zu Hause nicht schmeckte. Solche Auftritte waren selten, weil seine Umgebung es verstand, sie zu vermeiden. So war es für seine Familie keineswegs überraschend, dass er über Nacht weggeblieben war, ungewöhnlich schien ihr nur die Tatsache, dass es ohne Ankündigung

geschah. Frau Herrenberg maß der Mitteilung ihrer Tochter keine weitere Bedeutung bei und fragte nur, ob denn der Vater gute oder schlechte Laune am Telefon gezeigt habe, und war beruhigt, als ihre Tochter keine negative Antwort gab.

Hyazinth bewohnte mit seiner Familie ein geräumiges Haus im Randgebiet von Hamburg. Ebenerdig waren ein riesiger Wohnraum mit Kaminecke, Essplatz, Fernsehnische und galerieartigem Flur sowie dem Elternschlafzimmer und den Wirtschaftsräumen angeordnet, im oberen Geschoss lagen geräumige Kinder- und Gästezimmer und ein Musikraum. Natürlich fehlt auch ein Arbeitszimmer für den Hausherren nicht. Es lag klein und versteckt im Erdgeschoss und war optisch und akustisch gut gegen die Nachbarräume abgeschirmt. Der zentrale Wohnraum öffnete sich mit großen Fenstern und verglasten Schiebetüren nach Süden. Das Haus war so geschickt angelegt, dass im Winter bei niedrigem Sonnenstand die wenigen Sonnenstrahlen das Innere des Hauses erreichen konnten, im Sommer bei hohem Zenitstand der Sonne ein Dachüberbau das unmittelbare Bescheinen des Raumes verhinderte. Beherrschendes Element des ganzen Hauses von der Südseite her gesehen war ein riesiger Kamin, der den Dachfirst überragte. Seine Höhe schützte das Reetdach vor Funkenflug. Der Kamin konnte vom Hausinneren und von außen befeuert werden.

Hyazinth und seine Familie hatten gerne Gäste. Diesem Bestreben hatte man bei der Planung und beim Bau dieses Domizils Rechnung getragen. Das Haus eignet sich zum Feiern.

Während seiner vielen Reisen hatte der Hausherr Gelegenheit gehabt, die eine oder andere Kostbarkeit zu erwerben. Diese Erinnerungsstücke zierten zwanglos die Wohnung. In einem kleinen Nebenflur veranstaltet Hyazinth in unregelmäßiger Zeitfolge kleine Wanderausstellungen. Zur Schau kamen bei solchen Gelegenheiten historische Briefe aus seinem Besitz, seltene Briefmarken aus den Alben seiner Töchter, Drucke, Kupferstiche, alte Landkarten und dergleichen mehr. Seine Gäste blickten bei ihren Besuchen immer mit einer gewissen Neugierde in diesen kleinen Flur. Gab ihre Beobachtung doch Aufschluss über das Hobby, das er augenblicklich betrieb und damit Gesprächsstoff für Small Talk.

Besonders hervorzuheben ist noch der beachtliche Weinkeller, ein gemeinsames Anliegen des Hausherr und seiner Ehefrau. Mit dem Forster Jesuitengarten oder Chateau de Ausone lagerten hier Weine, von denen schon so berühmte Weinkenner wie Bismarck und Hornickel geschwärmt hatten.

Die Charakterisierung des Hauses wäre unvollständig, vergäße man die liebevoll zusammengetragene Sammlung alter Musikinstrumente. Eine Laute von Verduce war hier ebenso zu bewundern wie eine Violine von Wittholm aus Nürnberg. Das ganze Spektrum vermittelte dem flüchtigen wie dem ausdauernden Betrachter ein widersprüchliches Bild: Man erkannte die Liebe zum Detail ebenso wie den großen umspannenden Bogen der kulturellen Bedürfnisse der Hausbewohner, insbesondere des Hausherren.

An jenem Abend wurde fünfmal die Haustürklingel unter dem Messingschild mit der Aufschrift "Herrenberg" betätigt. Beate Herrenberg hatte wegen der Abwesenheit ihres Mannes kurzfristig ein paar Gäste eingeladen. Obwohl die Reihe bunt und zusammengewürfelt wirkte, war sie doch von Frau Herrenberg mit Bedacht ausgewählt worden.

Da war einmal Frau Prof. Linda von Hygens, eine Kollegin ihres Mannes. Mit diesem duzte sie sich, mit Frau Herrenberg war sie trotz langer Bekanntschaft beim "Sie" geblieben. Frau von Hygens war unverheiratet und fühlte sich in Gesprächen dieser Runde für Erziehungsfragen und die Feinstrukturen der Etikette zuständig. Ihre Umgebung ließ sie weniger als besonders kompetente denn als originelle Diskussionsteilnehmerin auf diesen beiden Gebieten zu.

Paul Mielkes Anwesenheit gab Frau von Hygens immer erst die rechte Möglichkeit, ihre Thesen zu entfalten. Er war über lange Strecken ein aufmerksamer und meist auch erstaunter Zuhörer. Seine Beiträge begannen durchweg mit den Worten „Ja, sehr interessant, aber…" und lösten Kettenreaktionen in seiner Umgebung aus. Die Stellung von Paul in diesem Kreise war eigenartig. Nur der Hausherr war mit ihm per Du, alle übrigen siezten ihn unter Nennung seines Spitznamens „Paule". Paule hatte sich auf Umwegen zu seiner Position als Prokurist in einer Privatbank emporgearbeitet. Seine Vorgeschichte leugnete er nie, sprach sie aber nur in ganz allgemeinen Formulierungen an.

Frau Lachmann gab sich das Image einer emanzipierten Frau, die es durch eigene Tüchtigkeit zu etwas gebracht hatte; sie besaß mehrere Boutiquen. Häufig hörte man sie sagen, dass sie vor 15 Jahren nur mit einem kleinen Koffer nach Hamburg gekommen sei. Hinter ihrem Rücken wurde aber gemunkelt, dass der Inhalt besagten Gepäckstücks aus gebündelten Banknoten im Werte von Millionen bestanden habe, und davon inzwischen nicht mehr viel übrig sei. Frau Lachmann erschien zu geselligen Veranstaltungen oft ohne ihren Mann, der angeblich häufig geschäftlich unterwegs sein musste.

Irma Lachmanns Nachbar war an diesem Abend Joachim Faust, ein jugendlich wirkender Draufgänger, wie er im Buche steht. Die Stationen seiner bisherigen Karriere waren mehr als abenteuerlich: Humanistisches Gymnasium, Fremdenlegion, Sprachstudium, diplomatischer Dienst in unteren Rängen (Personenschutz), Reiseveranstalter, Werbemanager einer Luftfahrtgesellschaft. Joachim Faust war noch keinem weiblichen Wesen aus dem Freundes-und Bekanntenkreis der Herrenbergs zu nahe getreten, aber alle trauten ihm dieses zu, und er genoss die Rolle, die man ihm zuschrieb.

Wie ein Cowboy unter Dressurreitern wirkte in dieser Runde Elke Simmer, eine Jugendfreundin der Hausfrau. Sie verstand sich zu diesem Zeitpunkt als Aussteigerin und versuchte diese Haltung durch modische Effekte in Sprache und Aussehen zu unterstreichen. Heute war sie lang gewandet erschienen. Unter einem knöchellangen Kaftan trug sie außer Schaftstiefel nichts mehr. Sie vermittelte, in welche Aufmachung auch immer, nie einen heruntergekommenen Eindruck, da alle ihre Kleidungsstücke neu und aus sehr teurem Material waren. Elke Simmer war bis vor Jahresfrist Studienrätin gewesen. Böse Zungen behaupteten seinerzeit, Überforderung in ihrem ehemaligen Beruf sei die Ursache für ihr augenblickliches Verhalten. Sie selbst gab unterschiedliche und widersprüchliche Erklärungen über die Motive ihres Wandels ab.

Obgleich die Gäste im Hause Herrenberg sich alle von vielen gemeinsamen Treffen bei Hyazinth und Beate Herrenberg kannten, so wurden sie doch in dieser Zusammensetzung selten gemeinsam eingeladen. Als erste bemerkte dies Elke Simmer und deutete ihre Beobachtung als ein Versuch einer Öffnung der Lebensphilosophie der Herrenbergs in ihre Richtung.

Die Gastgeberin, unmittelbar auf die vermuteten Hintergründe ihrer Einladung angesprochen, tat geheimnisvoll. Erst als das Holz im offenen Kamin schon herunter gebrannt war, und der gereichte Brauneberger Juffer Spätlese zur Entspannung der Runde erheblich beigetragen hatte, rückte Beate Herrenberg mit ihrem Hintergedanken heraus.

Sie plane, so wurde der staunenden Zuhörerschaft verkündet, ein offenes Kamingespräch in Ihrem Hause über die Liebe schlechthin. Dabei sollten möglichst viele auch kontroverse Gesichtspunkte zur Sprache kommen. Aus diesem Grunde müsse an einen inhomogenen Personenkreis gedacht werden.

„Dann müsst ihr wohl oder übel auch ein Leichtes Mädchen zur Sprache kommen lassen!", kommentierte Joachim Faust das Vorhaben. „Aber auch einen Theologen!", meldete sich Paule zu Wort. „Unvorstellbar!", meinte Frau von Hygens und leitete mit dieser Bemerkung eine Gesprächspause ein.

„Es ist sicher von der Form her und vom Sinn der geplanten Gesprächsrunde ausgehend unmöglich, Prostituierte, Geistliche, Handarbeiter und Akademiker mit ihren Ansichten über Liebe in einem Gesprächskreis vorzuführen" ließ sich mit leicht verärgerter Stimme Frau von

Hygens vernehmen. „Da schlage ich Ihnen einen gemeinsamen Theaterbesuch eines einschlägigen Stückes vor, deren gibt es ja heutzutage mehr als genug, und anschließend unterhalten wir uns darüber. Das schafft Distanz zum Thema und vermittelt einen besseren Überblick als Nahkampfszenen zwischen Personen, die sich aus verschiedensten Gründen für Fachleute in Sachen Liebe halten."

„Ja" ließ nun Paule sein Beitrag beginnen, „Vorführen von Personen, die ein anderes Anliegen haben als die eigentlichen Gesprächsteilnehmer, als wir, sprengt den Rahmen der Idee, auch zeitlich. Man benötigt eine Nachsitzung, um sich ungestört über die Erfahrungen der vorgeführten Fachleute unterhalten zu können."

Elke Simmer schlug vor, aus der Idee von Beate Herrenberg ein Rollenspiel für die Gesprächsteilnehmer werden zu lassen. Jeder müsse vor der Unterhaltung ein Los ziehen, das seinen zu vertretenden Standpunkt festlege; eine Person werde auf diese Weise veranlasst, die freie Liebe zu vertreten und gesprächsweise zu verteidigen, die andere müsse sich für Polygamie, eine dritte Person für die monogame Liebe einsetzen. Der Beitrag war eigentlich nur als origineller Einwand vorgetragen worden. Umso erstaunter war Elke Simmer, als ihrer Vorstellung spontaner Beifall gespendet wurde. Dies geschah aus unterschiedlichen Motiven, so war beispielsweise die Hausfrau froh, dass ihre Grundidee nun doch noch zum Tragen kam, Paul Mielke glaubte, bei der Gelegenheit einiges dazulernen zu können, Linda von Hygens war neugierig auf den Ausgang des Experiments, Joachim Faust reizte es, seine Gesprächsteilnehmer in ihnen ungewohnten Rollen zu erleben und Frau Lachmann begab sich sofort an die Planung von Einzelheiten; der Personenkreis müsse geringfügig erweitert werden, wenn man davon ausginge, dass der Hausherr ja auch teilnähme, gehörten als Gegengewicht zu den beiden Hochschullehrern mindestens zwei Studenten in die Runde, ein Ordensmann oder ein Weltgeistlicher sei unentbehrlich und ein einfacher Mann von der Straße auch.

Die Idee nahm also Gestalt an und Beate Herrenberg brannte darauf, ihren Mann einzuweihen, der von der heutigen Gesprächsrunde ja gar nichts wusste.

Hyazinth Herrenberg hatte gleichzeitig aber anderen Ortes auch einen Plan gefasst. Er beschloss, für eine befristete Zeit ein Doppelleben zu führen. Neben seiner angestammten Rolle reizte ihn, als Musiker in einer Nachtbar aufzutreten. Das Milieu kannte er von vereinzelten Besuchen flüchtig, es hatte ihn früher nie sonderlich fasziniert. Nun glaubte er plötzlich, eine diesbezügliche Erfahrungslücke füllen zu müssen. Er bildete sich ein, an seine Erfahrungen als Pianist in einer Schülerband anknüpfen zu können. Zwar hatte er seit dieser Zeit seine Fähigkeiten auf dem Klavier nur an klassischen Musikstücken weitergebildet, glaubte indessen, den Abstecher ins Unterhaltungsfach ohne Anstrengung nebenher betreiben zu können.

So besuchte er denn an jenem Abend zur Einstimmung in seine neue Doppelrolle eine ihm bis dahin unbekannte Bar auf St. Pauli, aus der ihm beim Vorbeischlendern rhythmische Musik entgegengeschlagen war. Noch bevor er einen Platz gefunden hatte, registrierte er mit Unwillen einige vulgär wirkende Animierdamen und ihm dämmerte, dass sein Einfall wohl der zeitweiligen Flucht in eine vornehmere Welt der Sünde und Begierde gegolten hatte, die es in der Realität möglicherweise gar nicht gab. Sein Weg zu einem leeren Barhocker war eigentlich schon der Rückzug aus dieser Bar und aus seinen Plänen vom Doppelleben eines Bar-Musikers.

Die Bar ist das Reich der Barfrau. Sie verteilt dort nicht nur Getränke zu überhöhten Preisen. Heute hieß die Bardame Petty. Nachdem sie Hyazinth eine Weile auszuforschen versucht hatte, sprudelte sie eines ihrer Tröstungsprogramme ab. Sie war verunsichert, als die erwartete Reaktion ausblieb. Hyazinth befragte sie weder nach ihrer Vergangenheit, noch heischte er nach Vertraulichkeit, sondern wollte von Petty Auskünfte über ihr Verhältnis zur Barmusik. Ob sie die Musik überhaupt wahrnähme, ob bestimmte Melodien nach ihrer Ansicht besonders gut zu ihrer Arbeit passen würden, welches Ansehen Musiker unter dem übrigen Personal einer Bar besäßen. Das waren Fragen, die man ihr üblicherweise nicht stellte, und auf die sie auch keine ihrer Routineantworten geben konnte. Sie wurde gezwungen nachzudenken. Das löste zunächst Unwillen bei ihr aus. Nach einiger Zeit empfand sie das Gespräch mit Hyazinth aber als eine interessante Abwechslung von ihrer

Alltagsroutine und es entspann sich ein ausführlicher Dialog. Es waren die Ansichten Lieschen Müllers, die er vorgesetzt bekam. Sie standen in eigenwilligem Kontrast zu den "beruflichen" Äußerungen der Barfrau gegenüber ihm und anderen Gästen. Enttäuscht über die Mischung aus Naivität, Erotik, Gewöhnlichkeit und Geschäftssinn zog er sich zurück. Petty fragte beim Abschied, ob er sich wieder einmal sehen lassen würde. Bei dieser Frage schien ihm ausnahmsweise nicht nur Geschäftssinn, sondern auch etwas persönliches Interesse mit im Spiel zu sein.

Hyazinth besaß in unmittelbarer Nähe seiner Arbeitsstelle eine kleine, spartanisch eingerichtete Wohnung. Ein wesentlicher Bestandteil bildete ein Schreibtisch. Die Wohnung war voll gestopft mit Büchern und Zeitschriften. Gerade ein Bett hatte noch in einer Ecke Platz. Er empfing hier üblicherweise keine Besucher. Ein Telefon suchte man vergeblich. Die scheinbare Unordnung hatte für Hyazinth System. Mit einem Griff hatte er in der Regel das gewünschte Schriftstück aus dem vermeintlichen Chaos geangelt. Um seine systematische Unordnung nicht zu gefährden, ließ er diese seine Wohnung nur in unregelmäßigen Abständen reinigen. Als er heute Abend diese Wohnung betrat, vermisste er zum ersten Male darin etwas Atmosphäre. Im schien plötzlich dieses Arbeitsdomizil fast genauso wenig zu seiner Lebensauffassung zu passen wie der Betrieb in einer Nepp-Bar. Ihm wurde klar, dass die vielen Träume, welche er gerade immer hier des Nachts erlebt hatte, keineswegs ein Ausdruck besonders beflügelter Fantasien gewesen sein konnten, wie er es bisher gesehen hatte, sondern dass in erheblichem Maße der Kontrast dieser Wohnung zu seiner sonstigen Umgebung und zu seiner Lebensphilosophie Pate gestanden haben musste. Mit Beklemmung schlief er ein und erinnerte sich des Morgens bezeichnenderweise an einen eigenartigen Traum. Der hatte ihn in einen Konzertsaal entrückt. Er erlebte sich als Konzertbesucher in der ersten Reihe. Erwartungsvoll blickte er zum Dirigenten auf und sah sich; dieser Dirigent war er. Immer wenn er als Chef des Orchesters seinen Musikern einen Einsatz gab und sein Blick auf einen von diesen fiel, sah er in sein Gesicht. Hyazinth war in diesem Traum allgegenwärtig als sein eigener Zuhörer, als Dirigent und in wechselnden Rollen auch als Musiker. Er erinnerte sich noch daran, sich am Ende der Vorführung selbst rasenden Beifall gespendet und sich dann in der anderen Rolle vor sich selbst ergriffen verneigt zu haben.
Von diesem Zeitpunkt an begann er, sich über seine Träume Notizen zu machen; soweit ihm das möglich schien, bezog er auch Erlebnisse des Vortages ein. Ihm schwebte eine Korrelationsanalyse zwischen Erlebtem und Traum vor. Er wollte letztlich durch diese Beobachtungen dazu kommen, seine Träume als Funktion seiner Erlebnisse darstellen zu können. Das neue Hobby beschäftigte ihn so sehr, dass er gar Kollegen, die beruflich mit solchen Problemen zu tun hatten, befragte. Die von dieser Seite gesammelten Erfahrungen schienen ihm jedoch so widersprüchlich, dass er sie bei seinem systematischen Vorgehen nicht einzusetzen vermochte.
Der folgende Arbeitstag wurde für ihn in mehrfacher Hinsicht unbefriedigend: Die Euphorie, mit der er sich seinem neuen Hobby gewidmet hatte, erhielt einen erheblichen Dämpfer, weil
er mit seinen Überlegungen auf der Stelle trat, die Beschäftigung mit seinem Hobby hinderte ihn andererseits daran, seine beruflichen Gedankengänge ausführlich und konsequent genug zu entwickeln. Somit setzte er seine ganze Erwartung auf die gemeinsamen Stunden mit Sonja im Sachsenwald.
Sie traf zu ihrem ersten Rendezvous mit erheblicher Verspätung ein. In einer

gefährlichen Mischung von Ärger und Ängstlichkeit wurden die Begrüßungsworte gewechselt, aber die Wogen glätteten sich rasch bei einer Tasse Kaffee auf der Terrasse der Fischerstuben. Zwanglos ergab sich danach ein Spaziergang durch den nahen Wald. Man hatte die Wahl zwischen Tannen- und Laubwald und entschied sich einstimmig für einen Bummel durch einen Walddistrikt mit herrlichem, altem Eichenbestand.

„Ich bin in dich verliebt!", sagte er nach einer Weile, doch bevor er weiterfahren konnte, unterbrach sie ihn enttäuscht und meinte vorwurfsvoll: „Ich mag nicht, wenn man so mit der Tür ins Haus fällt, über so schöne Dinge muss man nicht reden, man muss sie erleben!"

Nun hatte er doch ein gewisses Bedürfnis, sich zu rechtfertigen und er versuchte es mit der Bemerkung: „Ich wollte eben klar zum Ausdruck bringen, was ich fühle, damit du weißt, woran du bist!" „Mir sind Andeutungen genug", sagte sie, „Letzte Klarheit in zwischenmenschlichen Beziehungen gibt es nie und zum anderen finde ich das auch nicht erstrebenswert. Persönliche Erwartungen werden dadurch allzu sehr begrenzt, man besitzt zu wenig Spielraum für seine Fantasie, für seine Träume!"

„Dir scheinen also höfliche Bemerkungen lieber zu sein als ehrliche?", fragte er, und sie bejahte.

„Ich will auch keineswegs alles verstehen was in mir oder in anderen vor sich geht, wenn meine Gefühle sprechen" fuhr sie fort, „Nur wenn ich Strategien entwickle, wie ich jemanden besonders fesseln kann oder wie ich ihn gezielt verärgern möchte, denke ich über Ursache und Wirkung nach."

Er fühlte sich übertrumpft. Hatte er nicht selbst oft das Bedürfnis, nur zu genießen und auf Analysen und akademische Betrachtungsweisen zu verzichten? Er dachte eine Weile über seine Lebensphilosophie nach und kam zu dem Schluss, dass er eigentlich ein Epikureer war, er genoss das Leben, wie und wo er konnte, aber nicht hemmungslos, sondern nur solange es ihm nicht schadete. Ohne dass es ihm bewusst geworden war, hatte er seinen Arm um ihre Taille gelegt und spürte nun, wie sie ihrerseits den Körperkontakt verstärkte.

Die Situation musste sich entladen und nach ein paar Schritten war es soweit: Er küsste sie sanft auf ihren schönen Mund und sie erwiderte seine Zärtlichkeit hemmungslos. Dabei schmiegte sich so eng an ihn an, dass er das Gefühl hatte, mit ihr schon eins zu sein.

Als die erste Welle der Sinnlichkeit verebbte, sah er sie an und merkte, dass die Leidenschaft ihr Gesicht verändert hatte. Sie war nun auf andere Weise schön, wirkte außergewöhnlich weich und zerbrechlich. Der Anblick brachte sein Blut wieder in Wallung. Da, wo sie standen, ließen sie sich umschlungen niedersinken und verschafften sich zum ersten Male gemeinsam die schönen Gefühle, welche Mann und Frau sich gegenseitig zu bereiten im Standen sind. Sonja und Hyazinth liebten sich wild und heftig, und nach kurzer Zeit waren sie am Ziel ihrer Wünsche.

Der kurzen, leidenschaftlichen Phase folgte eine lange Weile der Erschöpfung. Sie lagen nebeneinander, ihre Hände berührten sich, tasteten bisweilen nacheinander und jeder hing schweigend seinen Erinnerungen an das schöne Erlebnis nach.

Als die Sonne zu sinken begann, trat das verliebte Paar eng umschlungen den Rückweg an. Er fühlte sich wie in seiner Studienzeit und sie hatte das Empfinden, ihn bereits jahrelang zu kennen und zu ihm zu gehören. Beiden gemeinsam war das starke Bedürfnis, einander nah zu sein und sich zu berühren. Um die Heimfahrt ein wenig hinauszuzögern, beschloss man, auf dem kleinen See noch eine Kahnpartie einzuschieben. Das Boot glitt auf der nun dunkel wirkenden Wasserfläche dem Weiden bestandenen gegenüberliegenden Ufer zu. Kaum war die Anlegestelle außer Sicht, zog sie ihn auf den Boden des Bootes. Das schwankende Gefährt zwang beide dazu, sich dieses Mal sanft und zärtlich zu lieben. In unendlich kleinen Schritten strebten sie dem Höhepunkt zu. Deren Erfüllung war ihm eine neue Offenbarung über sein Gefühlsleben.

In der hereinbrechen Dunkelheit ruderten sie zurück. Er chauffierte sie schweigend zu ihrer Wohnung. Sie tranken Tee und berührten einander; zärtlich, nicht aufreizend, sondern vertraulich waren diese ihre Kontakte.

„Ich bin dir verfallen", sagte sie leise, „Ich war schon häufiger verliebt, aber ich hatte noch nie eine solche Fülle von schönen Eindrücken, ich hatte noch nie das Verlangen, danach für immer einzuschlafen, weil ich nun alles erlebt habe, was man im Leben erfahren kann."

Seine Veranlagung hätte ihn unter normalen Umständen veranlasst, solche Bemerkungen aufzugreifen und zu diskutieren, heute hielt ihn eine wonnige Erschöpfung davon ab und so konnte sie ihre Gefühle weiter ungestört zum Ausdruck bringen. Nach einer Weile sagte Sonja: „Wann immer ich mit anderen Menschen zusammenkomme, spreche ich mit ihnen bestenfalls über meine Ideale, über die Regeln und Gesetze, nach denen ich mich bewege, wenn es weit geht, über meine Moral, über mein Gewissen. Besonders Männern gegenüber möchte ich möglichst wenig von meinem Inneren offenbaren. Meinen Eltern und wenigen Bekannten erlaube ich einigen Einblick in meine Bewusstseinssphäre, aber das auch nur gezwungenermaßen. Manches hat meine nähere Umgebung halt von mir mitbekommen und ich muss dazu jetzt auch stehen. Bei dir habe ich zum ersten Male in meinem Leben das dringende Bedürfnis, alles zu offenbaren, ich möchte und muss dir von meinen Trieben erzählen, dir soll kein Winkel meiner Persönlichkeit verborgen bleiben!"

Hyazinth war erstaunt, dass ihm dieser Einblick ohne Gegenleistung angeboten wurde, war gleichzeitig auch etwas beschämt, dass ihm solche Bedürfnisse nach Vertrauensäußerungen selber nicht in den Sinn gekommen waren, obwohl er sich einbildete, dieses schön anzuschauende Wesen sehr lieb zu haben. Wie um sich selbst zu beruhigen, sagte er: „Man kann seine Seele einem anderen Menschen gar nicht vollständig öffnen. Man kennt sich selbst ja nicht genau genug. Es gibt zahlreiche Hinweise dafür, dass der Mensch nur Kenntnis über einen Teilbereich seines Wesens besitzt. Von dieser ihm selbst bekannten Hälfte ist wiederum nur ein Teil seiner Umgebung bekannt. Darüber hinaus erkennt die Umgebung eines Menschen einiges von seiner Persönlichkeit, die diesem selbst verborgen ist. Wenn du mir nun alles erzählst, was du von dir weißt, kann ich immer noch einiges als Außenstehender ergänzen, was du über dich bisher noch nicht in Erfahrung gebracht hast." „Nenne mir doch bitte einmal ein konkretes Beispiel dafür!", bat sie und er meinte: „Wenn du von mir etwas willst, so bringst du das als Wunsch mir gegenüber zum Ausdruck. Ob du dabei auf mich aber so wirkst, wie du dabei wirken willst, das ist eine zweite Frage. Nur ich kann dir erläutern, wie du tatsächlich in deinem Bemühen um mich bist." Das war ihr eine neue Erfahrung, obwohl sie immer schon geahnt hatte, dass die Rolle, die sie spielen wollte, nicht die Rolle war, in der sie gesehen wurde.

„Ich mag Menschen sehr gerne, ob Männer oder Frauen," , spann sie die Unterhaltung weiter, „aber das stößt nie auf Gegenliebe in dem Sinne, in welchem ich eine Initiative

12

auf ein Gegenüber starte. Frauen oder Mädchen meiner Umgebung reagieren durchweg wie Konkurrentinnen und Männer wollen, kaum dass ich sie einmal richtig angesehen habe, sofort mit mir ins Bett gehen. Als ich 15 Jahre alt war, hatte ich ein erstes Erlebnis mit einem Mann. Ich hatte meinen Schulbus versäumt und stand zornig und hilflos an der Haltestelle. Ein "hilfsbereiter Autofahrer" erbot sich freundlich, mich schnell zur Schule zu bringen. Da ich bisher nur freundliche Menschen in meiner Umgebung erlebt hatte, nahm ich das Angebot ohne Zögern an. Natürlich hatten mich meine Eltern und Lehrer oft genug darauf hingewiesen, dass man als Mädchen nicht bei wildfremden Personen ins Auto steigt, aber die Erinnerungen an diese Ermahnungen kamen mir im entscheidenden Augenblick einfach nicht. Der Autofahrer fuhr mich nicht zur Schule, sondern belästigte mich. Ich war so erschrocken, dass ich mich nicht wehren konnte, meine Angst war so groß, dass sie mir sogar mein Erinnerungsvermögen an den Vorfall trübte. Ich weiß nur noch, dass ich ein mir bis dahin unbekanntes angenehmes Gefühl hatte und zeitweilig froh war, dass mir das passierte. Wie ich von dem Unhold loskam, ist mir nicht mehr in Erinnerung. Ich habe meinen Eltern nie ein Sterbenswörtchen davon erzählt. Zunächst fürchtete ich noch, ein Kind zu bekommen. Als sich das als unbegründete Angst herausstellte, wurde ich ruhiger. Immerhin habe ich monatelang unter dem unschönen Ereignis stark gelitten. Mit meinen schulischen Leistungen ging es bergab und mein früheres Niveau habe ich nie wieder erreicht. Gleichzeitig befriedigte ich mich danach geschlechtlich auch selbst. Das Erlebnis mit dem Autofahrer hatte meine Sinnlichkeit geweckt, würde ich rückblickend sagen. Ab meinem 16. Lebensjahr hatte ich dann feste Freunde, zunächst deutlich ältere, später gleichaltrige, mit 20 dann sogar einige jüngere, die ich nicht nur platonisch liebte. Ich habe mit Männern die Erfahrung gemacht, dass sie alle in Liebe zu mir entbrennen, wenn ich Ihnen nur den kleinsten Hinweis auf meine Zuneigung gebe und dass sie alle mit mir ins Bett gingen, wann und wo immer ich dies von ihnen wollte. Es war schön, aber es war auch immer unbefriedigend. Besonders nachher befiel mich ein Gefühl der Leere, das mich zur Verzweiflung brachte. Diese Leere versuchte ich dann bei anderen Liebhabern zu vergessen und so wurde es eine ganze Menge, bis ich Jens kennen lernte, den Trompeter. Er hat nie mit mir geschlafen. Petting haben wir einige Male getrieben und oft über Gefühle gesprochen. Die Bindung mit Jens war die längste, die ich bisher durchgehalten habe, bis er von sich aus Schluss machte. Es traf mich wie ein Keulenschlag. Bisher hatte nur ich Männern den Laufpass gegeben und jetzt erlebte ich einmal, wie man abserviert wird."

Das Gespräch wandte sich dann anderen Dingen zu. Die Aussagen pendelten zwischen Ernsthaftigkeit und Übermut, man trank dazu süßen Sherry und schlief, ohne sich ausgekleidet zu haben in inniger Umarmung auf Sonjas Doppelbett ein.

In der Nacht wurde Hyazinth aus seinen Träumen gerissen. Einerseits empfand er das Wachwerden als Befreiung von dem seltsamen, schweren Traumerlebnis, zum anderen aber wäre er gerne noch einige Zeit in der seltsamen Welt seines Unterbewusstseins spazieren gegangen. Ihm träumte, er sei ein Neandertaler. Spärlich bekleidet streifte er durch ein lichtes Waldgelände. Es fror ihn und eine wilde Aggressivität bemächtigte sich seiner. Auf seinem Wege durch eine ungastliche Natur stieß er auf eine Gruppe von drei weiteren Artgenossen, zwei Männern und einem Mädchen. Im Traum erschlug er kurzerhand die beiden Männer und zog mit dem Mädchen weiter. Er liebte sie animalisch, musste aber permanent vor ihr auf der Hut sein, selbst auf dem Höhepunkt seiner Gefühle hatte er die Befürchtung, von ihr hinterrücks umgebracht zu werden. Mit ihr zusammen kämpfte er sich durch endlose Urwälder in eine lichtere Sphäre vor. Dort begegnete er Odysseus auf der Rückreise von Troja. Im Traume begegneten sich Hyazinth und der Listenreiche mit gegenseitigem Respekt, aber auch mit der Zurückhaltung zweier Konkurrenten. Besonders die Gespräche über Frauen faszinierten Hyazinth. Nie wusste man bei Odysseus, der klug und verschlagen war, ob er sein Gegenüber mit seiner ehrlichen Überzeugung bediente oder schlicht hinters Licht führen wollte. Hyazinth gewann den Eindruck, dass der Weltumsegler dieses selbst nicht immer genau von sich wusste.

Odysseus Aussagen über das weibliche Geschlecht waren so unkonventionell wie ungewöhnlich. Eine seiner Maximen lautete: "Frauen wollen belogen und somit betrogen werden!" Oder: "Jede Frau wünscht sich zum Manne einen Casanova, aber nur für sich ganz alleine!" Hyazinth versuchte Odysseus klarzumachen, dass es historisch nicht einwandfrei sei, sich auf Casanova zu beziehen. Der aber entgegnete: „Ich habe diesen personalen Bezug nur gewählt, damit du mich verstehst! Eine Reihenfolge von historischen Ereignissen, die zwangsläufig ist, gibt es nicht! Können etwa die Menschen aus der Geschichte lernen? Sind etwa die Menschen im Verlaufe der Geschichte ethisch und moralisch besser geworden? Nimm als Beispiel das Neandertaler Mädchen neben dir! Ihre Hinterhältigkeit steckt noch heute in jeder Frau. Die Methoden des weiblichen Hinterhalts sind Moden unterworfen, sie ändern sich also im Laufe der Geschichte, das Abgründige der weiblichen Seele selbst bleibt konstant!" Nach diesen Worten beschenkte der listenreiche Odysseus Hyazinth mit einer schönen Sklavin aus seiner Kriegsbeute mit der Aufforderung, nicht zu sehr über derartige Sachverhalte nachzusinnen, sondern sie zu erfahren. Und Hyazinth liebte im Traume eine Frau, die ihm sklavisch ergeben war und der er erfolgreich Gefühlsregungen befehlen konnte. Er hatte nun weiterhin im Traume das starke Bedürfnis, Goethe kennen zu lernen, den er für den gebildeten Frauenkenner der Geschichte hielt. Der Weg zu Goethe war ihm unbekannt, nein, zu Goethe drang er diesmal nicht vor! Stattdessen traf er im Traume auf Brunhilde. Sie zwang ihn, ihr willens zu sein und hängt ihn danach an den besagten Nagel an der Wand. Aus dieser Lage wurde er durch den jähen Abbruch dieses Traumes befreit. Benommen vernahm er an der Tür zu Sonjas Wohnung Klopfgeräusche. Er weckte Sonja. Nach einigen Schrecksekunden stellte sicher aus, dass inmitten der Nacht draußen vor der Tür eine gute Freundin Sonjas stand und dringend Einlass begehrte. Hyazinth war die Situation äußerst peinlich, doch seine Geliebte verharmloste die Lage und ließ ihre Freundin Britta ein.

Sie machte auf Hyazinth bei der nun folgenden linkischen Vorstellung einen klugen Eindruck. Obwohl sie mit einem Engel gleichen Gesicht ausgestattet war, das in jener Nacht einige Spuren von Müdigkeit zeigte, war er sich doch vom ersten Augenblick an sicher, dass sie zu den Frauen gehörte, die für jeden Mann zu haben sind. Das bestätigte sich auch sofort in der spärlichen Eröffnungskonversation. Ihre Stimme wurde auffallend schrill, wenn sie sich ihm zuwandte, trotz sichtbarer Übermüdung konnte sie das Kokettieren nicht unterlassen und sie betonte allzu häufig, dass es ihr leid täte, einen so netten Mann nicht vor Sonja getroffen zu haben, nun müsse sie ja wohl zurückstehen. Man teilte Sonjas Wohnung notdürftig in drei Nachtlager auf, und jeder schlief unruhig dem Morgen entgegen.

Hyazinth stand entgegen seiner sonstigen Gewohnheiten bereits gegen 7:00 Uhr in der Frühe auf und verließ fluchtartig das Haus. Auf dem Weg in sein Sekretariat hat er das Gefühl, dem Chaos entronnen zu sein. Er verspürte das starke Bedürfnis, seine Familie wieder aufzusuchen.

Gegen Abend ließ er sich in seinem Hause blicken. Seine beiden Töchter umschwärmten ihn und er musste sich wie immer Mühe geben, seine Gunst auf die weiblichen Geschöpfe in seiner Familie so zu verteilen, dass keine auf die andere eifersüchtig wurde.

In den Augen seiner Töchter war er der ideale Vater: Beruflich erfolgreich, mit Sozialprestige versehen, um das sie von manchen Freundinnen beneidet wurden, äußerlich attraktiv, großzügig und auch ihnen gegenüber zuvorkommend. Da er sich ihnen immer nur zeigte, wenn er seine beruflichen Probleme erledigt oder hinter sich gelassen hatte, erschien er seinen Töchtern in weit besserem Lichte als ihre Mutter, die sie weit häufiger vor sich hatten und die mit ihnen den täglichen Kleinkrieg bewältigte. So warf ihm seine Frau von Zeit zu Zeit auch vor, dass er ihr in der Kindererziehung den anstrengenden Teil überließe und sich nur als

Vater zweier hübscher Töchter aufführte. Andererseits profitierte sie bisweilen auch von der Rolle ihres Mannes insofern, als er auf seine Weise bei wirklich schwierigen Problemen der Erziehung sich sehr schnell in ihrem Sinne durchsetzen konnte, weil sein Wort für seine Töchter Evangelium war. So hatte er ein drohendes Drogenproblem bei seiner ältesten Tochter nahezu mühelos beseitigt. Aus ihrer Bekanntschaft wusste Frau Herrenberg, dass solche Dinge auch anders ausgehen und Familien jahrelang belasten können.

Aus den verschiedensten Regungen heraus widmete sich Hyazinth heute dem Leben in seiner Familie. Es war eine Mischung aus Schuldbewusstsein, Sehnsucht nach der heilen Welt und Selbstbestätigungsdrang. Wie immer, so musste er sich eingestehen, war eine Vielzahl von Komponenten zusammen genommen sein Motiv zum Handeln.

Als er abends seinen ehelichen Pflichten gegenüber seiner Frau nachkam, hatte er zunächst die Befürchtung, immer an seine Geliebte denken zu müssen, während er mit seiner Frau Zärtlichkeiten austauschte. Diese Furcht, "zu dritt im Ehebett zu liegen", stellte sich zu seiner Verwunderung jedoch als völlig unbegründet heraus. Er war im entscheidenden Moment vollauf nur seiner Frau zugetan. Er konnte also zwei Frauen gleichzeitig lieben und musste unwillkürlich an Odysseus denken, der ihm im Traume zu dieser Thematik Ratschläge gegeben hatte.

Wiederum sehnte er sich danach, im Traume mit Goethe zusammenzutreffen, um seine Erfahrungen mit Frauen diesem vorzutragen. Er konnte gerade noch feststellen, dass dieses, sein Bestreben möglicherweise eine Flucht aus der Realität signalisierte, dann schlief er erschöpft ein.

Es gelang ihm abermals nicht, in seinen Träumen eine Beziehung zu Goethe aufzubauen. Stattdessen blieb er der Welt der Nibelungen verhaftet. Brunhilde hängte ihn zwar nicht wieder an den Nagel, jedoch musste er im Traume ihren Hohn und Spott ob seiner für ihre Begriffe unterentwickelten Männlichkeit einstecken. Auch Kriemhild, auf deren Verständnis er gehofft hatte, schlug im Traume ihm gegenüber denselben Ton an. Er hatte sich in der Rolle eines Minnesängers am Hofe zu Worms gesehen und musste mit Entsetzen feststellen, dass die dortigen Frauen edlen Geblüts, denen seine Lieder galten, diese sich nur aus Langeweile anhörten. Am liebsten wären sie dann schnell zur Sache gekommen. Daran hinderte sie nur zeitweilig die Anwesenheit der ihnen verbundenen oder angetrauten Recken. Hyazinth wähnte unter Barbaren zu sein. Der Eindruck verstärkte sich nach kurzen traumhaften Begegnungen mit Hagen und Siegfried. Hagen entpuppte sich als Frauenverächter. Er litt darunter, dass nur uneheliche Kind eines Fürsten zu sein. Seine Intelligenz reichte zur Überwindung dieses Traumas nicht aus. Mit der Mentalität eines abgetakelten Berufsboxers ausgestattet suchte er in zahllosen Händeln immer mehr Narben, die unter harten Männern etwas galten.

Siegfried liebte Frauen körperlich, weil man es üblicherweise so tat und es zum Zeugen von Nachwuchs unabdingbar war. Zärtliche Gefühle schien er nie gegenüber Frauen zu hegen. Minnesänger waren für ihn keine richtigen Männer, sondern eine Entartungserscheinung. Insbesondere empfand er für den träumenden Hyazinth Verachtung, weil er sich mit einer Sklavin und einer halb wilden Frau unedler Abstammung abgegeben hatte. Das blanke Entsetzen trieb Hyazinth vom Königshofe zu Worms fort. Der Traum wollte es, dass er anschließend bei Herkules landete. Es reizte ihn zu erfahren, ob auch dieser starke Mann in Sachen Liebe primitiv dachte. Sein Erstaunen war indessen groß, als er von Herkules äußerst differenzierte Antworten auf seine neugierigen Fragen erhielt. Herkules gab beispielsweise unumwunden zu, dass die meisten seiner Großtaten von ihm nicht so sehr zu Ehren der entsprechenden Auftraggeber ausgeführt worden waren, sondern um geliebten Frauen seiner Umgebung zu imponieren. Die Todfeindschaft der Göttermutter Hera hatte Herkules nicht veranlasst, ein Frauenhasser zu werden. Bisweilen erschlug er Frauen wie beispielsweise bei der Beschaffung des Gürtels der Amazone, dann liebte er andere wieder. Am Ende seines rastlosen Lebens glaubte der kräftige Analphabet gar, Ruhe nur in einer neuen Häuslichkeit finden zu können. Aus Eifersucht tötete er dann den Zentaur Nessus, der seiner letzten Frau Dejanira zu nahe zu treten versuchte, und durch die Eifersucht eben dieser seiner Frau gegen die spätere Schwiegertochter hatte der griechische Halbgott, wie Hyazinth sich eingestand, böse zu leiden.

Im Übrigen war Herkules tiefsinnigen Gesprächen über die Liebe abgeneigt, was er differenziert vortrug, waren Fakten aus seinem Leben. Etwas höhnisch verwies er Hyazinth an die griechischen Hetären. Diese verstünden von Theorie und Praxis in Sachen Liebe etwas.

Im Traume suchte Hyazinth demzufolge ihre Schulen der Aspasia auf. Sein Erstaunen war groß, dort liebesbereite Frauen anzutreffen, die den Sinn ihres Lebens darin sahen, Männern Freude und Lust zu bereiten. Es fehlte die Geldgier sowie die Dümmlichkeit der vulgären Dirnen heutiger Großstädte, und er musste beim Studium des Stundenplanes der Schule der Aspasia vor Lust so laut stöhnen, dass er erwachte.

Neben ihm im Ehebett lag seine Frau, die ihn schlaftrunken fragte, was ihn denn so errege. Als er ihr andeutete, dass er von Liebe geträumt habe, schlief sie wieder beruhigt ein, indem sie sich in diese Erklärung einbezog. Er hingegen lag lange wach auf seinem Lager. Er wurde sich selbst in Sachen Liebe unheimlich.

Am anderen Morgen versuchte er sich seine Unausgeglichenheit nicht anmerken zu lassen. Auf seine Frau wirkte er zerstreut. Sie schrieb das intensiven Arbeiten in den letzten Tagen zu. Um ihn von seiner vermeintlich zu anstrengenden Tätigkeit abzulenken, eröffnete sie ihm ihre Absicht, im Freundeskreis ein Kamingespräch über die Liebe zu führen und sie schilderte ihm ausführlich, welche Vorbereitungen sie in kleiner Runde bereits eingeleitet hatte. Sie schloss ihre Berichterstattung mit der Aufforderung an ihren Mann ab, doch geeignete Studenten für die geplante Diskussionsrunde auszusuchen. „ Du hast doch immer irgendwelche netten jungen Leute unter deinen Examenskandidaten gehabt", meinte sie, „Sicher wirst du schnell in deinem Umfeld geeignete junge Menschen finden, die in unseren Kreis passen."

Er schwieg eine ganze Weile. Zunächst war er verblüfft, dann misstrauisch und zuletzt begeistert. Vielleicht konnte eine derartige Unterhaltung zur Lösung seiner persönlichen Probleme beitragen, ohne dass er sich offenbaren musste.

Natürlich hatte er sofort mit dem Gedanken gespielt, Sonja einzubeziehen. Es reizte ihn, die beiden Frauen, die er gleichzeitig liebte, im unmittelbaren Vergleich nebeneinander zu erleben. Schnell verwarf er diese Idee wieder; sie kam ihm alsbald geschmacklos vor. Aus solchen Gedanken holte ihn die enttäuschte Stimme seiner Ehefrau in die Wirklichkeit zurück. „Ich dachte nicht", sagte sie, "dass deine Bedenken gegen ein solches Vorhaben so groß sein würden. Wenn du dich mit dieser Idee gar nicht anfreunden kannst, lassen wir es halt bleiben, obwohl es mir schwer fällt, gegenüber unseren Bekannten einen derartigen Rückzieher zu begründen und im übrigen interessiert mich ein Experiment dieser Art persönlich sehr."

„Theoretisch finde ich deinen Einfall ausgezeichnet", erwiderte er, „Ich sehe nur bei der erfolgreichen praktischen Durchführung große Probleme. Du forderst von mir einfach, geeignete Studenten unter meinen Zuhörern zu ermitteln, vergisst aber dabei, dass ihr Verhältnis zu mir nach einer derart privaten Runde enger sein könnte, als es mir üblicherweise lieb ist."

„Gerade in solchen Fragen hatte ich dich immer souveräner eingeschätzt" versuchte sie seine Eitelkeit für ihre Ziele einzuspannen. Man einigte sich darauf, das Wenn und Aber in einigen Tagen ausführlicher zu besprechen. Beide gingen unausgesprochen bereits davon aus, dass Diskussion über die Liebe im Hause Herrenberg stattfände, das Für und Wider standen also nicht mehr zur Disposition, für sie und für ihn allerdings aus sehr unterschiedlichen Motiven heraus.

Hyazinth blieb an diesem Tage zuhause. Er wusste aus Erfahrung mit sich selbst, dass unter den gegebenen Umständen sein Wirkungsgrad für wichtige Arbeiten zu gering sein würde. So beschäftigte er sich mit Gartenarbeit, sägte etwas Kaminholz und las Bücher, die er schon immer einmal in die Hand genommen hatte, für deren ernsthafteres Studium er sich aber bisher nie die Zeit genommen hatte, weil sie ihm dafür zu schade gewesen war. In diesem Zusammenhang griff er auch zum Alten Testament. Obgleich ihn eigentlich der Vergleich aktueller politischer Bezüge mit dunklen Erinnerungen aus der Schulzeit zu dieser Lektüre veranlasst hatte, wurde er doch sehr schnell von einer anderen Erkenntnis gefesselt, die ihm seit seiner Schulzeit verloren gegangen war: Im Buch der Bücher wimmelt es nur so von Geschichten über Vielweiberei. Er ertappte sich beim systematischen Aufspüren derartiger Bibelstellen. Es beruhigte ihn irgendwie, sein Problem ungeschminkt gerade in diesem Buch dargestellt zu finden. Ein Telefonanruf lenkte ihn von seinem Tun ab. „Hier spricht Britta" meldete sich eine etwas schrill klingende Frauenstimme. „Ich bin die böse Freundin ihrer lieben Sonja", flötete es weiter aus der Hörmuschel. „Es tut mir leid, dass ich ihre zarte Liebe so gestört habe."

Im ersten Augenblick dachte Hyazinth an eine mögliche Erpressung durch diese Zufallszeugin seiner Liebschaft mit Sonja und er fragte, ob Sonja sie zu diesem Anruf veranlasst habe. „Nein!" war die Antwort. „Um Himmels willen nein, sie weiß nichts davon und soll es auch nicht wissen! Einmal wollte ich mich für den unglücklichen Zufall entschuldigen, ich weiß aus eigener Erfahrung, wie peinlich so etwas sein kann, aber um ehrlich zu sein, der Hauptgrund meines Anrufs ist ein anderer: Ich dachte mir nämlich, dass sie bestimmt auch für mich etwas Liebe übrig haben, wenn sie mit ihrer eigenen Frau alleine nicht auskommen."

"Schöne Bescherung!", dachte er, doch eher er aussprach was er dachte, wurde er sich seiner eigenartigen Lage bewusst. So entgegnete er nur: „Meinen sie nicht, dass wir diesen Anruf beide einfach vergessen sollten?"

„Ich melde mich bald wieder, weil ich mich bald wieder mit ihnen unterhalten muss!", sagte Britta mit schmachtender Stimme und er erinnerte sich jetzt daran, dass sie auf ihn den Eindruck einer Nymphomanin gemacht hatte.

Nach diesem Anruf kam es ihm vor, als ob sich gegen ihn eine Verschwörung aufgetan habe. Zur Zerstreuung setzte er sich an seinen Flügel und spielte, was ihm in den Sinn kam. Wie erwartet, ließ ihn sein Tagesthema auch dabei nicht los. Er spielte plötzlich den Liebestraum von Liszt, ohne es ursprünglich gewollt zu haben.

Es gibt in einem Hamburger Vorort ein bekanntes Lokal, auf einem Berg gelegen hat man von fast allen Plätzen aus einen herrlichen Blick auf die Elbe. Hyazinth bereitete es immer wieder Freude, bei guter Sicht von hier aus den ein- und auslaufenden Schiffen nachzuschauen. Er war in seinem Leben weit herumgekommen und sein jugendliches Fernweh war gestillt, aber bisweilen flackerte es leicht auf und ein Besuch auf dem Süllberg war dann genau das Richtige für ihn.

Hierhin lud er seine Geliebte an einem der folgenden Tage ein. Sie nahmen sich dort gebührend Zeit für ein reichliches Mal und sein Blick ruhte immer wieder wohlwollend auf seiner schönen Freundin.

Beide Liebenden waren sich ihrer Gefühle sicher und es ergab sich aus allem eine Situation gegenseitigen Verstehens, wie man es sonst nur bei alten Ehepaaren findet, die sich jahrelang treu geblieben sind.

Sonja hatte eine solche Situation noch nie erlebt. Wenn ihr auch auf Dauer leidenschaftliche Komponenten lieber waren, genoss sie doch sichtlich dieses ihr neues Gefühl. Erst jetzt hatte sie das Empfinden, ihrem Geliebten ebenbürtig zu sein, bis dahin hatte sie zu ihm aufgeschaut und sich ihm in Liebe willig unterzuordnen versucht.

Auf ihren Wunsch hin beschloss das Liebespaar, den sonnigen Nachmittag mit einem langen Spaziergang durch die Heide zu verbringen. Nach einstündiger rascher Fahrt in seinem Wagen parkten sie ihr Gefährt irgendwo auf einem Feldweg und wanderten umschlungen querfeldein.

Die gegenseitige Berührung ihrer Körper und die Reize der Natur brachten es gleichermaßen mit sich, dass ihrer beider Ruhe bald dahin war und ihr Blut in Wallung kam. Mitten auf einer spärlich bewachsenen Wiese geschah es dann: Er riss ihr förmlich die Kleider vom Leibe und liebte sie hemmungslos da, wo beide zu Boden fielen. Sie kamen außer Atem. Eng umschlungen gaben sie sich Liebe, aber ihre Bewegungen glichen gleichzeitig auch einem Kampf, sie forderten sich Liebe ab.

Nach dem ersten Ansturm der Gefühle gönnten sie sich ein wenig Ruhe, aber nicht lange. Sonja war die treibende Kraft. Ihre Begierde war nunmehr so groß, ihre Liebe so wild geworden, dass für sie alles erlaubt war. Diese Zügellosigkeit bekam er zu spüren und in immer neuen Varianten steigerte Sonja die Liebesfähigkeit ihres Geliebten. Beide erfuhren dabei voneinander und von sich Eigenschaften, welche ihnen bisher unbekannt waren. Als er seine Erschöpfung nahen spürte, kam es zu einer echten Flucht vor seiner unersättlichen Freundin, nackt und ohne auf etwaige Spaziergänger zu achten, rannte er davon, verfolgt von Sonja, die ihn wie eine Beute jagte, schließlich eingeholte und zum letzten Male zur Liebe zwang. Bei alldem hatte keiner von beiden ein Wort gesprochen, nur Laute waren vernehmbar gewesen. Jetzt waren sie erschöpft. Bevor er einschlief, zog er noch eine Parallele zu seinen

Traumerlebnissen als Neandertaler. Auch Sonja umfing sanfte Mattigkeit, doch bevor sie einschlief, brachte sie ihrem Geliebten an dessen Schulter noch eine Bisswunde bei.

Sie mochten so wohl eine Stunde gelegen haben, als sie wieder erwachten. Während Sonja das Bedürfnis hatte, ihren Geliebten sanft zu streicheln, spürte er in sich Aggressivität emporsteigen, auch gegen sie.

Lange mussten beide im Eva- und Adamskostüm die Umgebung absuchen, bevor sie ihre Garderobe wieder fanden. Sie kleideten sich schweigend an und schlenderten langsam über die Heide. „Ich bin dir verfallen!", sagte jetzt Sonja wieder und sie fügte hinzu: „Ich möchte immer bei dir bleiben. Erst durch dich erfahre ich so richtig, was es heißt, eine geliebte Frau zu sein." Und sie war glücklich darüber. Hyazinth musste sich auch eingestehen, dass er ihr verfallen war, doch er sprach es nicht aus, es ärgerte ihn eher, als es ihn erfreute.

Indem das Liebespaar unterschiedlichen Gedanken nachhing, erreicht es eine weidende Schafherde. Das war für Sonja Anlass, von einem naturverbundenen Leben wie es Schäfer führen können, zu schwärmen. Seine aggressive Grundstimmung veranlasste ihn zu widersprechen. Er hatte das Bedürfnis, Sonjas Vorstellungen irgendwie zu widerlegen und so sagte er belehrend: „Schauen wir uns den Naturburschen, der zu dieser Herde gehört, doch einmal an! Reden wir doch mal mit ihm, ob er das alles so positiv sieht wie du!" Und insgeheim dachte er, das Gespräch mit dem Schäfer schon so zu führen, dass es für Sonja eine Ernüchterung würde.

Im Nachhinein verwünschte er noch oftmals seine hier gehegte Absicht. Zwar wurden seine Erwartungen durch den Besuch bei dem Schäfer in diesem Punkte mehr als erfüllt, doch ergaben sich dabei zusätzlich eine Fülle persönlicher Verstrickungen, denen er am liebsten aus dem Wege gegangen wäre.

Die gesuchte Person hockte am Rande der Schafherde und ging einer Nebenbeschäftigung nach, die nur mit Geräten höchster technischer Perfektion auszuüben ist: Sie sah Fern. Es wurde ein Fußballspiel übertragen und das Geschehen auf dem Bildschirm fesselte den Betrachter im Lodenumhang so sehr, dass er sich erst nach seinen beiden Gästen umsah, als diese unmittelbar hinter ihm standen. Nun aber war die beiderseitige Überraschung groß: Der Schäfer war eine Frau und hieß Elke Simmer! Hyazinth Herrenberg und Elke Simmer erkannten einander sofort und jeder fühlte sich auf seine Weise ertappt. Das machte beide verlegen und sprachlos, so dass Sonja dunkel den Hintergrund irgendwelcher Peinlichkeiten erahnte. Sehr zur Verärgerung von Hyazinth fasste sich Elke Simmer zuerst und ergriff die Initiative. Sie stellte ihren Farbfernseher ab, erhob sich, strich ihre rustikale aber teure Kleidung zurecht, und sagte nicht ohne Anspielung: „Herzlich willkommen in freier Wildbahn!" Dabei reichte sie zuerst der verblüfften Sonja und dann Hyazinth die Hand. Man setzte sich steif um das ausgeschaltete Fernsehgerät und es entspann sich eine jener Unterhaltungen, von denen man zu sagen pflegt, dass sie als Lendenschurz für geistige Blößen nötig seien.

„Ich empfinde es als Stilbruch, sie als Schäferin vor einem Fernsehgerät sitzen zu sehen", sagte beispielsweise Sonja nicht ohne Enttäuschung in ihrer Stimme, „Sie kehren der schönen Natur den Rücken zu, um billigsten geistigen Eintopf zu inhalieren." „Das verstehst du falsch", erwiderte die Aussteigerin, „Ich habe mich aus der Zivilisation zurückgezogen, aber nicht, um alles vorherige zu vergessen, sondern um vieles aus der Distanz zu betrachten. So interessiert mich weniger, wer heute Tore schießt oder keine, ein solcher Unterhaltungseffekt ist für mich nur minimal vorhanden, viel mehr interessiert mich schon lange, warum an jedem Wochenende die Leute scharenweise in die Fußballstadien drängen."

Hyazinth war froh, dass Elke Simmer in ihrer neuerlich burschikosen Art seine Begleiterin sofort geduzt hatte und so legte er sich auch keine Zurückhaltung in diesem Punkte auf und meinte ironisch: „Um solche Einzelheiten geht es doch bei euch Modeschäfern ganz und gar nicht. Ihr Aussteiger tretet doch durchweg die Flucht aus der Verantwortung an, wenn ihr euch angeblich aus der Zivilisation zurückzieht. Das ist doch bei dir deutlich zu erkennen." Das war sein üblicher Ton bei derartigen Gesprächen. Normalerweise konnte er sich den gegenüber Elke erlauben. Diesmal hatte er dabei nicht bedacht, dass er mit ihr unter anderen Vorzeichen zusammengetroffen war. Die Quittung erhielt er im nächsten Satz von ihr: „Jeder hat das Bedürfnis, irgend einer Institution oder Person zu entfliehen", sagte sie drohend „Die einen bemerken es und geben es zu, die anderen bemerken es nicht einmal bei sich oder sie tun es in aller Stille und Heimlichkeit. Ich möchte nicht wissen, wie viele angeblich brave Ehemänner eigentlich ganz gerne mindestens eine weitere Gespielin haben möchten und diese sich eben auch in aller Abgeschiedenheit halten: Alles Aussteiger, die diesen Begriff aber für sich nie in Anspruch nehmen möchten, die sogar das Bedürfnis haben könnten, zurückgekehrt zum häuslichen Herd über bekennende Aussteiger demonstrativ die Nase zu rümpfen." „Unzulässige Vergröberungen helfen hier nicht weiter ", versuchte Hyazinth ein Rückzugsgefechte einzuleiten, aber Elke blieb militant und unversöhnlich als sie sagte: „Für mich sind die Grobstrukturen so eindeutig, dass ich es mir und dir ersparen kann, auf Einzelheiten einzugehen."

Hyazinth gab sich geschlagen und er sagte dieses auch laut. Offensichtlich in einem Ton, der Elke Simmer überzeugte, denn nun wurde sie versöhnlicher und meinte: „Das ist eine ehrliche Antwort vor Zeugen, so etwas zahlt sich bei mir immer aus, so etwas will ich gelegentlich gerne belohnen." Dabei warf sie Hyazinth einen viel sagenden Blick zu.

Die Verwirrung von Sonja wurde indes immer größer.

Unterdessen war es Abend geworden. Elke musste ihre Schafe ins Gehege treiben. Unter der wirksamen Mithilfe von zwei Hunden setzte sich die Herde unendlich langsam in die gewünschte Richtung in Bewegung. Sonja und Hyazinth folgten, als ob sie zur Herde gehörten. Schließlich war die Umzäunung erreicht. Die Schafherde bezog ihr Nachtquartier. Als Sonja einmal außer Hörweite abseits stand, fragte Elke gehässig: „Bereitest du dich auf euer Kamingespräch über die Liebe mit deiner Begleiterin außerehelich vor, damit Du der Sache auch gewachsen bist?" Und eher er etwas erwidern konnte, fuhr sie mit dem gleichen herablassende Ton mit ihrer Inquisition fort: „Gehe ich recht in der Annahme, dass ein Mann deiner Qualität solche Ausflüge mit seiner Ehefrau vorher nicht abspricht?" Hyazinth war ungehalten und wollte grob werden, doch Elke besänftigte ihn auf eigenartige Weise. „Seit ich dich kenne, warst du mir unsympathisch. Du gefielst dir in deiner Rolle als Professor so sehr, dass du deinen belehrenden Stil auch im privaten Umgang nicht ablegen konntest. Du hieltest dich immer für unfehlbar. So ähnlich wie ich dich müssen in der Antike die Griechen ihre Halbgötter erlebt haben. Nun endlich habe ich den festen Beweis in Händen, dass du eher ein guter Schauspieler denn ein Halbgott bist. Du glaubst gar nicht, wie wichtig dieser Beweis für meine Lebensphilosophie ist!"

Hyazinth konnte vor Erstaunen und Ärger immer noch nicht reagieren. Diese

Stimmung musste sich wohl auch auf seinem Gesicht widerspiegeln, denn Elke nahm auf seinen Gesichtsausdruck Bezug und fuhr fort: „So wie du jetzt wirkst, kommst du mir zum ersten Mal wie ein Mensch aus Fleisch und Blut vor, in deinen Zügen spiegelt sich für mich zum ersten Male Gefühlsleben, wenn mir auch bewusst ist, dass diese Regungen gegen mich gehen." Das Gespräch wurde unterbrochen, weil Sonja näher kam und zum Aufbruch drängte. Seit sie die Schäferin getroffen hatte, war sie innerlich immer unruhiger geworden. Viele Eindrücke der letzten halben Stunde konnte sie nicht einordnen und instinktiv spürte sie auch, dass Hyazinth sich nicht wohl fühlte. Der Tonfall seiner Stimme kam ihr fremd vor. Seine von ihr so geschätzte Sicherheit war ihm augenblicklich nicht mehr anzumerken. Er erbot sich, Elke noch ein Stück Weges zu begleiten, da die Dämmerung hereinbreche. Sie lehnte lachend ab und sagte für seine Ohren etwas derb klingend: „Ich habe mir bereits einen Beschützer bestellt, er muss eigentlich jeden Moment kommen. Bleibt doch noch so lange hier, ich möchte mich mit deiner Frau noch unterhalten."

Wenn auch der Unterton und die rhetorischen Unterstellung des letzten Satzes von Elke ihn wieder sehr erregten, so hielt ihn doch eine unsagbare Neugierde am Ort. Der Typ des Liebhabers von Elke Simmer interessierte ihn doch außerordentlich. Elke plauderte indessen mit Sonja über Männer.

„Siehst du", sagte Elke zu ihr „So verschieden können Frauen sein! Du hast dir einen deutlich älteren Mann geangelt, ich hingegen habe mir einen jüngeren an Land gezogen.

Dich reizt wahrscheinlich der männliche Intellekt eines Partners, mich nicht mehr. Ich suche das rein körperliche, seit ich weiß, dass es mit der intellektuellen Überlegenheit der Männer nicht weit her ist. Geborgenheit finde ich in der körperlichen Überlegenheit der Männer."

Sonja sah sich Hilfe suchend nach Hyazinth um. Der schwieg lange und meinte dann: „Das soll jeder halten wie er meint, Glück ist eine sehr subjektive Empfindung."

„Wir sind übrigens nicht verheiratet" bemerkte Sonja unvermittelt. "Wahrheit ehrt, aber Wahrheit stört auch, besonders in gewissen Kreisen" entgegnete Elke. Bevor Sonja weitere Erklärungen zu ihrer Lebenseinstellung abgeben konnte, dazu hatte sie sich gerade entschlossen, näherte sich in halsbrecherischer Fahrt ein Motorradfahrer der Gruppe. Zunächst hörte man ihn nur, aber bereits das akustische Empfinden ließ auf seinen Fahrstil schließen. Der Augenschein bestätigte dies einige Sekunden später. Wie ein Cowboy, nur auf

einem geländegängigen Kraftrad, schoss ein Naturbursche heran und hüllte durch sein Bremsmanöver die drei Personen in eine Staubwolke. Unbekümmert ließ er seine Maschine zur Seite fallen und fasste Elke derb um ihre Taille. Was er in absehbarer Zeit von ihr verlangte, deutete er durch Berührungen und mundartliche Bemerkungen an. Sie wehrte sich nicht. Sie schien diese Begrüßung vor den Augen von Sonja und Hyazinth sogar zu genießen.

Ohne dass der Bursche sie so recht begrüßt hatte, verabschiedete sich jetzt Hyazinth von ihm mit der Bemerkung „Na, dann lass sie mal nachholen, was sie in ihrer Jugend versäumt hat." Sonja gab ihm einen leichten Stoß und Elke sah in feindselig an. „Sie hat nirgendwo etwas versäumt und kann alles besser als die anderen", sagte der Bursche drohend, worauf Hyazinth schon im Gehen erwiderte: „Dann halt viel Spaß beim lernen, junger Mann!"

Noch in etlichen Metern Entfernung hörten Sonja und er den jugendlichen Freund von Elke fluchen. Wem dies galt, war beiden klar. Sie gingen Hand in Hand durch die dunkle Heide. Hyazinth war innerlich ruhiger geworden; sein Abgang kam in überaus gelungen vor und er dachte bei sich, dass seine schlechte Vorstellung durch den starken Schluss noch einen befriedigenden Eindruck auf seine Geliebte hinterlassen habe. Doch er hatte sich getäuscht. Sonja küsste ihn scheu, ihre Annäherung war aber eher der Ausdruck einer Entfremdung. Der Eindruck verstärkt sich bei ihm noch mehr, als sie sagt: „Wir wollen den letzten Teil des heutigen Tages so schnell wie möglich vergessen. Es fing fantastisch an mit uns beiden, aber ich war zu unbescheiden und wollte immer noch mehr Glück. Das konnte nicht gut gehen. Als Mensch hat man seine Grenzen, auf allen Gebieten, wir haben uns zu sehr verausgabt. Das Zusammentreffen mit der Schäferin war für mich derart unbefriedigend, dass ich dich bitten möchte, darauf nicht mehr zurückzukommen. Ich möchte das zuletzt Erlebte so schnell wie möglich vergessen."

„Bevor ich deinem Wunsche nachkomme", sagte er, „muss ich dir noch erzählen, dass die Schäferin eine Freundin meiner Frau ist. Sie kennt mich und ich kenne sie. Seit Jahren verkehrt sie in unserem Hause. In jüngster Zeit hat sie sich grundlegend gewandelt. Sie hat ihren Lehrerberuf aufgegeben, um ein alternatives Leben zu führen. Wie das aussieht, habe ich selbst eben zum ersten Mal erlebt."

Sonja war fassungslos. Im Nachhinein verstand sie nun einiges von dem, was sich vor ihren Augen und Ohren abgespielt hatte besser, aber das Unbehagen blieb.

Sie waren an seinem Wagen angekommen. Schweigend stiegen beide ein. Auf der Rückfahrt wurde kaum gesprochen. Jeder hing seinen eigenen Gedanken nach.

Mit der räumlichen Distanz gewann er mehr und mehr seine Selbstsicherheit wieder und als sie ihn fragte, ob das Zusammentreffen mit Elke Simmer nicht ihrer beider Freundschaft oder seine Ehe sehr belaste, sagte er: „Ich bin mir sicher, dass daraus keinerlei Konsequenzen erwachsen. Elke hat sich produziert, um Beweise für ihre neue Lebensphilosophie zu liefern, das ist ihr gelungen. Sie fühlte sich insbesondere seit ihrem Ausstieg aus ihrem bisherigen Leben von mir nicht ernst genommen. Das sieht für sie jetzt schon etwas anders aus. Sie hat mir gegenüber einige Trümpfe ausgespielt und das Sieggeld eingestrichen. Mehr will sie nicht. Wenn Sie weiter ginge, würde sie die Chance verlieren, unseren Freundeskreis je wieder zu sehen. Ich bin der festen Überzeugung, dass sie solche Gruppen aber dringend benötigt, um sich darzustellen."

Er sollte mit seiner Vermutung Recht behalten. Ohne dass es jemals zu einer Aussprache zwischen Elke Simmer und Hyazinth Herrenberg über den Nachmittag bei den Schafen kam, traten sie sich in ihrem gemeinsamen Freundeskreis regelmäßig gegenüber. Von keiner Seite fiel eine Anspielung auf den Vorfall. Sie hatte den Eindruck, dass er sie ernster nahmen als bisher und er glaubte in ihrem Verhalten ihm gegenüber manchmal sogar eine gewisse Sympathie zu entdecken.

Hyazinth arbeitete mit einer Zielstrebigkeit ohne gleichen an seiner Karriere als Bar-Pianist. In sein Arbeitsdomizil hatte er ein altes Piano schaffen lassen, auf dem er in jeder freien Minute Schlager übte. Gelegentlich suchte er Bars auf, nur um zu vorgerückter Stunde sich im Milieu zu erproben. Er bekam dann regelmäßig den Beifall, den angeheiterte und angetrunkene in solchen Situationen immer zu spenden pflegen, wenn einer von ihnen sich produziert. Bei den nüchternen Zuhörern war sein Erfolg mäßiger, das merkte er wohl. So beschloss er, noch einige Monate weiter fleißig auf dem Piano zu üben, bevor er ein Engagement einzugehen gedachte. Seine "zweite Karriere", wie er sie selbst in Gedanken zu nennen pflegte, brachte es mit sich, dass er die Barfrau Petty näher kennenlernte. Diese Frau nun lud er nach Rücksprache mit Beate Hardenberg zu dem Kaminabend ein. Man war inzwischen überein gekommen, dass eine begrenzte Personenzahl Außenstehender in einer ersten Sitzung eingeladen werden sollte. Eine davon war also nunmehr Petty.

Hyazinths Töchter, deren Teilnahme an den Kreis nicht vorgesehen war, die sich aber interessiert in die Vorbereitungen einschalteten, hatten ihre Eltern auf einen jungen Geistlichen aufmerksam gemacht, der bei jungen Leuten wegen seines unkomplizierten Verhaltens gut ankäme und der bei seinen Vorgesetzten schon des Öfteren angeeckt sei.

Man berichtete, dass seine kurze Laufbahn als Kaplan bereits sehr wechselvoll gewesen sei. So habe man ihn als Dorfkaplan nur einige Monate am Ort halten können, weil er kurzfristig eine im wahrsten Sinne des Wortes schlagkräftige Fußballmannschaft, in welcher er selber mitwirkte, auf die Beine stellte. Sein Durchsetzungsvermögen auf dem Fußballfeld war dann seinen Vorgesetzten zu unseriös vorgekommen und man hatte ihn zum Gefängnisgeistlichen bestimmt. In dieser Eigenschaft gründete er eine Sportgruppe für die Insassen der von ihm betreuten Vollzugsanstalt. Die Gruppe betrieb unter seiner Federführung überwiegend Boxsport. Nach einem Jahr erfolgreichen Trainings erlaubte man ihm im Sinne des offenen Strafvollzuges, mit einigen seiner Schützlinge bei Amateurveranstaltungen anderer Vereine in Gastrollen aufzutreten. Was als Therapie gedacht war, entwickelte sich auch zum sportlichen Erfolg. Als dem Bischöflichen Stuhl zu Ohren kam, dass in der lokalen Sportpresse der Manager der schlagkräftigen Gastboxer regelmäßig auch als Gefängnisgeistlicher ausgewiesen wurde, sah man sich wiederum veranlasst, ihm ein neues Aufgabengebiet zuzuweisen. Diesmal wurde sein Arbeitsfeld eine Garnisonstadt und die Militärseelsorge seine primäre Aufgabe.

Dem Ehepaar Herrenberg erschien der Vorschlag der Töchter sinnvoll und Hyazinth nahm zunächst telefonischen Kontakt mit dem jungen Geistlichen auf. Sein Name war Albin Kaiser. Telefonisch verabredete sich Hyazinth mit ihm zu einem Informationsgespräch "zu einem   privaten Anliegen", wie er es formuliert hatte, und der Kaplan sagte ohne Zögern zu.

Man traf sich im Hafen Club. Der Blick über einen Teil des Hafens schuf eine Atmosphäre, in der das von Hyazinth geplante Gespräch gut voran kam und als er sein eigentliches Anliegen seinem Gesprächspartner offenbart hatte, willigte dieser trotz einiger Vorbehalte schließlich ein. Albin Kaiser war zunächst in der Erwartung zu der Unterhaltung erschienen, sein seelsorglicher Rat sei gefragt. Nachdem diese Erwartung nicht aufging, wollte er ursprünglich in seiner direkten Art sofort zu einem schnellen Ende kommen, denn für ihn waren die Pläne der Familie Herrenberg akademische Spielereien. Ohne darüber weiter mit Hyazinth zu reden, kann ihm dann doch der Gedanke, dass hinter dieser "akademischen" Veranstaltung echte persönliche Schwierigkeiten eines oder mehrerer Teilnehmer versteckt sein könnten, die darin möglicherweise enthaltene Aufgabe für einen Seelsorger empfand er als Herausforderung.

Hyazinth war mit dem Erfolg seiner Unterhaltung zufrieden. Zwar war Kaplan Kaiser für seinen persönlichen Geschmack etwas zu direkt, man konnte aber nach seinem bisherigen Eindruck von dieser Persönlichkeit davon ausgehen, dass er in den Gesprächskreis neuerArgumente einbringen würde und somit sicherlich die Diskussion beleben könnte.

Bevor sich Hyazinth weiteren Vorbereitungen des Kamingesprächs widmen konnte, musste er noch eine Dienstreise nach Japan antreten. Dort waren von ihm sowohl

Gespräche im japanischen Forschungsministerium zu führen, als auch eine Reihe von Besuchen bei japanischen Firmen abzustatten. Kern aller seiner Verhandlungen waren Energieprobleme. Er bereitete sich tagelang sorgfältig auf die Unterhaltungen mit den einzelnen Gesprächgruppen vor. Auf die Rückseite seiner deutschen Visitenkarten ließ er sich entsprechende Angaben im japanischen Schriftzeichen drucken. Er las einige Darstellungen über die Geschichte Japans und stöberte im Internet und in Bibliotheken nach Aussagen über kulturelle Eigenheiten des Landes.

Hyazinth beabsichtigte, bei dieser Reise dienstliche und private Interessen miteinander zu verbinden. Mit der ihm eigenen Neugierde plante er seine Flugroute. Die Polarroute mit Zwischenlandung in Anchorage verwarf er ebenso wie den Direktflug über Sibirien. Er wählte mit Bedacht eine Südroute mit Zwischenlandungen in Bangkok, Hongkong und Taipeh.

Seine Frau half ihm wie immer bei diesen Vorbereitungen. Sie besorgte Stadtpläne und Reiseführer, las alle Vorbereitungslektüre ihres Mannes mit und diskutierte mit ihm über allerlei Fragen, die bei der Vorbereitung einer Weltreise auftauchen. Obwohl sie ihren Mann nicht begleiten konnte, freute sich auf diese Reise, den sie spürte, dass er wieder einmal ein solches Ergebnis benötigte und sie wusste, dass ihn solche Erlebnisse beruflich und auch privat beflügelten.

Seine beiden Töchter standen dem Vorhaben wohlwollend gegenüber, weil sie sich exotische Geschenke aus dem fernen Osten versprachen.

Anders fiel die Reaktion seiner Freundin Sonja auf die Ankündigung der Japanreise aus. Sie war ihrem älteren Freund in der Tat verfallen und aus dieser Abhängigkeit heraus schien ihr jede längere Trennung von ihrem Geliebten unerträglich. Darüber hinaus fürchtete sie sich vor einem fremden Einfluss aus dem fernen Osten auf Hyazinth. Sie wollte ihn so, wie er jetzt war, und glaubte an eine Beeinträchtigung seines Gefühlslebens durch diese Reise. Entsprechend unterschiedlich gestaltete sich dann auch der Abschied. Unter den Ängsten Sonjas litt der Dialog mit Hyazinth und so kam es, dass beide zusammen ins Kino gingen, um einmal einander nah zu sein, zu anderen aber auch nicht miteinander reden zu müssen. Der Inhalt des Films war belanglos. Sonja tastete bei jeder Gelegenheit liebevoll-ängstlich nach ihrem Geliebten und er genoss diese Berührungen mehr als die Handlung des Films. Anschließend fuhren die beiden sofort in Sonjas Wohnung und unverhältnismäßig schnell gab sie sich ihm unter Tränen hin. Es war für ihn ein neues Erlebnis. Seine in Abschiedsschmerz aufgelöste Freundin steigerte sich in einen Liebesrausch, dessen Ausbrüche in fast beunruhigten. Sonja liebte ihn leidenschaftlich mit einer Ausdauer, die über die Grenzen ihrer Physis zu gehen schien. Ihm wurde klar, welche Kräfte bei einem Menschen frei werden, wenn die Triebe sich Bahn brechen und dieser wilde Strom alle Barrieren, die das Bewusstsein und Spielregeln der Gesellschaft sowie Gesetze darstellen, hinweg spült. Sonjas Erschöpfung brach dann auch wie ein Blitz aus heiterem Himmel über sie herein. Ihre leidenschaftlichen Bewegungen erstarben förmlich und sie fiel in einen tiefen Schlaf. Er konnte sich nicht so abrupt umstellen, ja der Stau seiner Gefühle war so stark, dass er zu einem neuen Höhepunkt mit seiner schlafenden Geliebten kam, ein Erlebnis, das ihm auch später in der Erinnerung noch zu schaffen machte.

Hyazinth kleidete sich an und schrieb, obgleich ihn eine Mattigkeit überkam, einen langen Liebesbrief an Sonja, dies war sein Abschied vor der großen Reise von ihr.

Was er früher nicht für möglich gehalten hätte, trat am folgenden Tage ein. Er konnte Ohne Schwierigkeiten auch auf das zärtliche Abschiedsverhalten seiner Frau eingehen.

24

Sie liebten sich beherrscht, fast akademisch, unterbrochen durch kurze Unterhaltung über bekannte mögliche Liebesgewohnheiten der asiatischen Welt, aber dennoch so innig und intensiv, dass beide den Abend als besonderen Höhepunkt ihrer Beziehungen betrachteten.

Hyazinth fragte sich nachher, ob er ohne die stürmisch-animalischen Liebeserlebnisse mit Sonja überhaupt zu der verfeinerten Begegnung mit seiner Frau fähig gewesen wäre.

Die Stunde des Abflugs kam. Er hatte sich zuhause von seiner Familie verabschiedet und bestieg nun gelassen, beinahe träumend das Flugzeug, das ihn zunächst nach Frankfurt bringen sollte.

Da diese Stadt ihm aus seiner Studentenzeit gut bekannt war und er sie lange nicht besucht hatte, war ein Abend auf den Spuren längst verflossener Jahre eingeplant. So fuhr er mit der S-Bahn vom Flughafen zum Frankfurter Hauptbahnhof und von dort aus wie in alten Zeiten mit der Straßenbahn in den Stadtteil Sachsenhausen auf der anderen Seite des Mains.

Dort trifft man auf einige Straßenzüge, die nahezu ausschließlich aus Gaststätten bestehen, in denen das Frankfurter Nationalgetränk Apfelwein ausgeschenkt wird. Nach diesem Getränk, das die Einheimischen Äppelwoi nennen, dürstete es ihn nun, obwohl er während seiner Studienzeit sich mit dem etwas säuerlichen Getränk nie sonderlich hatte anfreunden können. Sein Ziel war zunächst das dort bekannte "Gemahlene Haus", ein typisches Lokal dieser Gegend. Der Besitzer und die Bedienung hatten gewechselt, aber das Publikum war immer noch das gleiche: Einheimische, welche die schwierigsten weltpolitischen Fragen zu beantworten wussten "Wenn man sie nur machen ließe!", Studenten, die Liebeskummer oder Examensängste ersäuften, kleine Gruppen junger Mädchen, die sich im Männerfang üben wollten, amerikanische Touristen, die sich apfelweinselig zur unpassenden Jahreszeit das deutsche Weihnachtslied "Stille Nacht, heilige Nacht" gesungen wünschten, uralte Blumenverkäuferinnen, die von Lokal zu Lokal zogen und die kleine Hauskapelle nebst dem Rausschmeißer mit Ringer-Erfahrung auf Bundesliganiveau.

Hyazinth ließ sich schnell in all das einbeziehen und hörte sich nach einer Weile mitsingen, wenn die Hauskapelle gängige Volkslieder intonierte. Er fühlte sich wie in seinen Studententagen und betrug sich auch so, obwohl sein Erscheinungsbild ein anders Verhalten hätte vermuten lassen.

Hyazinth kam auch in den Genuss einiger Lokalrunden, die entweder der Wirt, ein Kellner oder ein Stammgast "werfen" mussten, weil sie gegen gewisse Trinkrituale verstoßen hatten. Stammgäste besitzen nämlich in solchen Lokalen eigene Gläser mit Goldrand und Namenszug. Nur in diesen Gläsern dürfen der Wirt oder die Kellner dem jeweiligen Stammgast den Apfelwein kredenzen. Wird aus Nachlässigkeit im falschen Glas serviert, so ist, falls der Stammgast dies bemerkt, eine Lokalrunde auf Kosten des Verursachers fällig. Allerdings besteht zur vorgerückten Stunde für Wirt und Kellner ein gewisser Anreiz, diesen Komment zu missachten. Bemerkt nämlich der Stammgast zu spät, d. h. nachdem er bereits aus dem falschen Glas getrunken hat, seinen Fehler, so ist er verpflichtet eine "Lokalrunde" zu spendieren, wenn man ihn bei seinem Versehen ertappt.

Da Lokalrunden den Umsatz erhöhen, sind die Bedienungsmannschaften am frühen Abend auf Einhalten der Regeln und am späten Abend auf deren Umgehung aus. Für den Zecher wirken diese Spiele stimmungstreibend. Die Ernüchterung kommt mit der Rechnung. Es geht in Frankfurt-Sachsenhausen das Gerücht um, dass es an diesem Ort deswegen so viele Quartalsäufer – also Säufer mit vierteljährlichen Enthaltsamkeitspausen – gäbe, weil man sich solche Abende finanziell nur ab und zu leisten könne.

Aus dieser Stimmung heraus bestieg Hyazinth gegen Mitternacht ein Taxi, um sich in das Airporthotel chauffieren zu lassen. Er trat anderentags gegen 10 Uhr vormittags seinen Interkontinentalflug nicht gerade hellwach an. Die Frankfurter Nacht war Schuld daran, dass er beim Überfliegen Griechenlands die "Sonne Homers" nicht wahrnahm. Auch die im Flugzeug angebotenen Filmvorführungen mochte er sich nicht ansehen. Er ließ sich von der Stewardess einige Kissen reichen und schlief tief und fest. Heiße, von den Flugbegleitern dargereichte Tücher verschafften ihm vor der Landung in Bangkog wieder Frische.

Schon während der Taxifahrt in sein Hotel offenbarte diese Stadt ihren sündigen Charakter. Der Taxifahrer überreichte seinem Fahrgast außer seiner auch die Visitenkarte eines Freudenhauses, das als Massagesalon firmierte und bot mündlich weitere Hilfe bei der Suche nach Lastern an. Hyazinth war froh, als er das Hotel Viktoria erreicht hatte, das in seinem Aussehen und in seiner Hausordnung viktorianischen Geist ausstrahlte.

Als er nach einem erfrischenden Bad sein Hotel zu einem Stadtbummel zu Fuß verließ, hefteten sich noch im Schatten des Hotels Schlepper für Liebesdienerinnen an seine Fersen. Manche sprachen ihn sogar bei der Verlockung zur Sünde in seiner Heimatsprache an. Und dann bekam Hyazinth diese Gewerbetreibenden selber zu Gesicht. In kleinen überdachten, schwankenden Booten, hinter Schaufensterscheiben, ja, wo man hinsah, boten sie ihre Liebe an.

Er besichtigte den Wat Phra Keo mit seinen goldenen Dächern und andere Paläste. Gegen Abend besuchte er mit einem angemieteten Führer den Norden der Stadt. Dort sah er sich einen Boxkampf nach Thai-Art an: Es wurde mit Händen und Füßen gekämpft. Die rituellen Vorspiele der Kontrahenten vor dem Fight und die brutalen Kampfmethoden ließen Hyazinth auf ein animalisches Männlichkeitsidol dieses Volkes schließen.

Anschließend führte ihn sein Fremdenführer in einen angeblich seriösen Massagesalon, in dem nur einheimische Kunden bedient würden. In der Tat erblickte Hyazinth keinen weiteren Europäer. Der Raum glich einem orientalischen Teehaus, nur bestand im Gegensatz dazu eine Wand völlig aus Glas. Dahinter saßen in einer langen Reihe die Masseusen. Sie erschienen Hyazinth alle sehr jung zu sein, jedoch musste er sich eingestehen, dass er keinerlei Erfahrung in der Altersbeurteilung von Asiatinnen besaß.

Auf Drängen seines Führers ließ er sich zu einer Massage überreden. Der Preis war erstaunlich niedrig und ließ keinerlei Liebesdienste vermuten. Hyazinth wählte unter Anleitung seines Begleiters eine Masseurin aus und begab sich mit ihr in eine großräumige Kabine. Sie hieß nach eigenen Angaben Shu und sprach etwas Englisch. So konnte Hyazinth ihr Alter erfragen und war erstaunt, eine 30 jährige vor sich zu haben, hatte er doch die Asiatin um gut zehn Jahre jünger eingeschätzt.

Sie war ihm zunächst bei einem Reinigungsbad behilflich und bewies sodann, dass sie die Griffe einer klassischen Massage beherrschte. So weit es die sprachliche Verständigung zuließ, versuchte er sich über Shu zu informieren. Sie wirkte nicht gerade gebildet, aber gut erzogen und bescheiden. Als die Massage beendet war und er sich wieder angekleidet hatte, gab er ihr ein Trinkgeld. Dadurch veränderte sich das Verhalten von Shu. So fragte sie spontan, ob sie ihn heute Nacht in seinem Hotel besuchen solle und nannte einen Preis für ihre angebotenen Liebesdienste. Eine Absage von seiner Seite nahm sie ohne Kommentar hin, begleitete ihn in den Teeraum zurück und verabschiedete sich mit einer Verbeugung.

Der Fremdenführer klärte bei der Rückfahrt in das Hotel Victoria Hyazinth darüber auf, dass es in Thailand unüblich sei, Trinkgelder zu geben, außer nach sehr privaten Dienstleistungen. Sein Verhalten nach einer Massage sei landesunüblich gewesen, die Höhe des Trinkgeldes habe dann aber der Masseuse signalisiert, dass möglicherweise noch weitere Erwartungen vorlägen.

Hyazinth liebte die Nähe exotischer Frauen und war, das hatte er sich schon eingestanden, zu

einem näheren Kennen lernen bereit, wenn eine derartige Frau ihm auch sympathisch erscheinen sollte. Mit Frauen, die Liebe käuflich feilboten, wollte er sich jedoch aus prinzipiellen Erwägungen nicht einlassen. Er brauchte, wenn er so weit ging, das Gefühl, geliebt zu werden, und dieses schien ihm bei keiner Liebesdienerin der Welt denkbar.

Er genoss es, in seinem Hotel mit dem Gedanken einzuschlafen, in der sündigsten Stadt der Welt alleine ins Bett gegangen zu sein.

Bevor er am anderen Tage den Weiterflug antrat, besuchte er mit einer Touristengruppe per Boot noch den Floatet Market und war begeistert von dem geschäftigen Treiben der Händler und Käufer auf ihren Booten und fasziniert von der Schönheit der thailändischen Frauen. Die Erfahrungen des Vortages und seine Lebensphilosophie ließ aber nur eine sehr distanzierte Beobachtung dieser Schönen zu.

Im Flugzeug nach Hongkong träumte ihm, Napoleon habe Bangkok erobert ihm befohlen, binnen Tagesfrist ein jungfräuliches Thaimädchen aufzutreiben. Dazu sah sich Hyazinth im Traume nicht in der Lage. Napoleon lies ihn darauf hin in Ketten legen. Bevor Hyazinth abgeführt wurde, hörte er noch Napoleon sagen: „Ein Franzose hätte diese Aufgabe spielend bewältigt". Hyazinth wachte mit dem Gefühl auf, von Frauen wirklich nichts zu verstehen und dieses Gefühl sollte sich bei ihm noch einige Zeit halten.

Der Anflug auf den Flughafen von Hongkong fand bei strahlendem Sonnenschein statt. Hyazinth konnte die Dschunken auf dem blauen Meer neben modernen Schiffen und die Hochhäuser vom Victoriadistrikt erkennen.

Er bezog im Hotel Prince Edward In der Nathan Road Quartier. Von dort aus unternahm er zu Fuß Ausflüge innerhalb Kowloons. Zum Abendessen setzte er nach Victoria Harbour über. In einem schwimmenden Restaurant genoss er unbekannte Fischspezialitäten. Anschließend ließ er sich auf die eigentliche Insel Hongkong rudern. Während er durch die relativ engen Straßen ging, fiel dieser Teil der Stadt langsam in Schlaf. So setzte er mit der Fähre wieder nach Kowloon über. Hier herrschte zu später Stunde noch geschäftiges Treiben. Am Rande des Kowloonparks geriet er in eine Razzia. Bei der polizeilichen Überprüfung entstanden tumultartige Szenen während deren sich eine junge Chinesin an ihn klammerte. In einer Mischung aus englischen und chinesischen Vokabeln bat sie um seine Hilfe. Sie war eher bescheiden gekleidet machte keineswegs den Eindruck eines Straßenmädchens. Bevor er noch recht überlegen konnte, um welche Hilfe sie bat, war ein Polizist bei ihnen und bat um die Papiere. Hyazinth, der es gewohnt war, sicher und ruhig aufzutreten, verständigte sich in fließendem Englisch mit dem Beamten über seine Identität und überreichte ihm seine Papiere. Der Polizist wurde betont höflich, nachdem er einen Blick darauf geworfen hatte, und fragte, ob die Chinesin zu ihm gehöre. Hyazinth gab an, sie als Fremdenführerin engagiert zu haben und konnte nach dieser Auskunft zusammen mit seiner Begleiterin den Kontrollbereich verlassen.

Er machte ihr auf umständliche Art und Weise klar, dass sie ihn nun auch durch die Stadt führen müsse, nachdem er sie als sein Guide ausgegeben habe und sie willigte dankbar ein.

Die Getränke in einem chinesischen Kellerlokal mundeten ihm nicht, und so brachen sie nach kurzem Aufenthalt wieder auf, um die Dach-Bar seines Hotels aufzusuchen. Man hatte von dort aus einen schönen Blick auf die noch beleuchteten Teile der Stadt. Außerdem saß man unter einem riesigen Aquarium, das die Decke des Raumes bildete. In diesem Aquarium kreisten unaufhörlich exotische Fische. Hyazinth bemerkte bald, dass seine chinesische Begleiterin hungrig war, und so ließ er für sie etwas Essbares bestellen. Die zierliche Person langte gewaltig zu. Nachdem ihr kolossaler Appetit gestillt war, unternahm Hyazinth eine Reihe von Konversationsversuchen. Man blieb im Vordergründigen stecken, aber es bereitete beiden viel Spaß, mit Händen und Füßen reden zu müssen. Da beide Seiten ihre Gesten übertreiben mussten, um die Aussagekraft ihrer Worte zu unterstreichen, kann sie sich in diesem Gespräch persönlich schneller näher, als es bei ersten Unterhaltungen sonst üblich ist.

Hyazinth musste irgendwann an die Fortsetzung seiner Reise nach Japan denken und so bedeutete er seiner Zufallsbekanntschaft, dass er sich zurückziehen müsse. Die zierliche Chinesin reagierte darauf unmissverständlich mit dem Wunsche, bei ihm schlafen zu wollen. Diese Offenbarung nahm Hyazinth mit einem gewissen Staunen wahr und er entwickelte spontan eine Aversion gegen zu engen körperlichen Kontakten mit dieser Asiatin, weil ihm dieser Wunsch zu aggressiv vorgetragen schien. Immerhin hatte er keine Einwände, das Mädchen auf sein Zimmer kommen zu lassen. Es verlangte ihn nach einer Unterhaltung, welche ihm die Motive des ihn verunsichernde Verhalten seiner Begleiterin offenbaren sollte.

Dabei kann zu Tage, was ihn auch noch in der Erinnerung an diesen denkwürdigen Abend beunruhigte, ja beschämte, obwohl er sich eigentlich andererseits keiner persönlichen Schuldgefühle bewusst war. Die Chinesin bot sich ihm zur Liebe an, um sich damit bei ihm, ihrem Beschützer und Wohltäter zu bedanken! Sie musste aus sehr ärmlichen Verhältnissen kommen und das heutige Erlebnis mit ihm als vorweggenommenen Tag im Paradies erlebt haben, umso zu reagieren. Als er dieses Motiv in Erfahrung gebracht hatte, umarmte er seine fremdartige Begleiterin und streichelte behutsam ihren Körper, der sich eng an den seinen anschmiegte. Dieser Kontakt, diese Nähe erweckten in ihm Begierden, das Angebot der Liebe auszuschöpfen. Er vermochte aber dieser Begierde nicht nachzugeben, als er sie in seinen Armen weinen sah. Mit weinenden Frauen hatte er ohnehin nie recht umgehen können, eine weinende Asiatin hat es in seiner Vorstellungswelt überhaupt nicht gegeben, und so war sein Gefühlsleben für einen Moment vollständig durcheinander geraten. Er tröstete seine Begleiterin mit väterlichen Gesten und gab ihr einen Pyjama von sich und beide legten sich erschöpft in sein Hotelbett.

Es wurde eine seltsame Nacht für beide. Die unmittelbarere Nähe einer hübschen jungen Frau bereiteten Hyazinth erotische Wachträume, die eigenartige Situation, unter der es zu dieser körperlichen Nähe gekommen war, hielt ihn andererseits davon ab, seine Träume in die Tat umzusetzen. Auch sie schien die Anwesenheit Hyazinths im gleichen Bett zu beunruhigen, denn am anderen Morgen mussten sich beide eingestehen, dass sie sehr schlecht geschlafen hatten.

Hyazinth registrierte mit Erstaunen über sich selbst, dass er wiederum noch nicht einmal den Namen dieser Frau kannte, mit der er in der Nacht sein Lager geteilt hatte. Während er duschte, nahm sie vor seinen Augen in aller Freizügigkeit ein duftendes Schaumbad. Sie waren sich dann gegenseitig beim Abtrocknen behilflich und er bemerkte, dass sie sich nach dieser Nacht in seinem Bett in ihn verliebt haben musste, denn der Ausdruck ihrer Zuneigung ihm gegenüber hatte wesentlich weichere Züge bekommen. Ihr Verhalten ihm gegenüber wurde selbstverständlicher und sicherer.

Als er nach ihrem Namen fragte, umarmte sie ihn spontan reagiert fast wie auf einen Heiratsantrag. Mit vor Erregung fast versagender Stimme flüsterte sie "Li Yue Sai". Dann stellte sie die Gegenfrage und wiederholte ungläubig staunend „Hyi Ya Sinth?" Die zwischen ihnen vorhandenen Sprachbarrieren verhinderten eine ausgiebigere Diskussion. Er versuchte ihr zwar zu erklären, dass im europäischen Sprachraum sein Vorname aus dem Altgriechischen stamme, Edelstein bedeute und in der griechischen Mythologie Hyazinth als schöner Jüngling und Freund Apollos auftauche, aber das schien ihre Verwirrung nur noch zu steigern, so dass er es schließlich aufgab.

Sie frühstückten gemeinsam und er wollte sich von ihr für immer verabschieden. Sie ließ sich aber nicht abschütteln und bestand darauf, ihn zum Flughafen begleiten zu dürfen und so fuhren sie gemeinsam im Taxi dorthin. Er hatte ihr tags zuvor davon erzählt, dass er

Hongkong herrlich fände und auf seiner Rückreise von Japan hier in jedem Falle nochmals Station machen würde. Das griff sie jetzt auf und bat ihn flehentlich, sich bei seiner Rückkehr nach Hongkong mit ihr wieder zu treffen. Schließlich willigte er ein und nannte ihr den voraussichtlichen Tag seines nächsten Aufenthalts. Sie empfand dies als starken Vertrauensbeweis begann daraufhin, ihn zärtlich zu streicheln. Sie fuhr ihm mit ihrer kleinen Hand durch die Haare, streifte mit ihren Handrücken sein Gesicht und machte auch vor seinen erogenen Zonen nicht halt. Während dessen kamen sie am Flughafen an. Er begab sich in ihrer Begleitung zum Check In und anschließend zur Passkontrolle. Hier musste sie zurückbleiben. Sie tat es ohne jeden Abschiedsschmerz, ja fast freudig, und bevor er ihr die Hand geben konnte, oder, was er vorhatte, diese ihr um die Schulter oder Taille legen konnte, hatte sie sich umgedreht und verschwand in der Menge der Flughafen Passanten.

Dieses Erlebnis beschäftigte ihn noch eine Weile während des Weiterfluges nach Japan. Nach vielstündigem Flug und bei herrlicher Sicht traf es schließlich auf dem Flughafen Haneda Kuko ein. Ein Flughafenbus brachte ihn unmittelbar zu seinem Hotel Imperial. Es war zentral gelegen. Man konnte von dort aus zu Fuß zur Ginza, der Pracht- und Geschäftsstraße Tokios, zum Zentralbahnhof und in den Hybia-Park gelangen. Auch das Wissenschafts- und Forschungsministerium, das er im Rahmen seiner Mission aufsuchen musste, lag nur einige Straßenzüge entfernt.

Hyazinth blieb am ersten Abend im Hotel. Er war zu müde, um noch etwas zu unternehmen. In der Hotelhalle ließ er sich einen Reiswein servieren und gewöhnte sich an den japanischen Hotelbetrieb. Bei dieser Gelegenheit erlebte er den Einzug von acht japanischen Sumo-Ringern. Sie waren riesig von Gestalt, was in der japanischen Umgebung besonders auffiel und betraten historisch gewandet die Hotelhalle. Das Ansehen dieser Ringer ist in Japan ungeheuer groß. So verstummten beim Eintreffen der

Gruppe alle Gespräche und selbst der weltgewandte Portier vergaß für eine Weile seine Aufgabe und starrte der Gruppe nach, bis sie im Aufzug verschwunden war.

Hyazinth suchte alsbald sein Hotelzimmer auf und sah sich vor dem zu Bett gehen noch einen japanischen Kriegsfilm aus Zeiten des Zweiten Weltkrieges an. Die Harakiriszenen waren für ihn abschreckend und beeindruckend zugleich.

Die geschäftlichen Belange seiner Reise standen anderen Tags im Vordergrund seiner Aktivitäten. Dabei erfuhr er, dass man sich in Japan für wichtige Besprechungen viel mehr Zeit nehmen muss als in Europa. Allein das Abwickeln bestimmter Rituale wie der Austausch der Visitenkarten, Konversation über die eigene Lebensphilosophie im allgemeinen, Darlegung der historischen Hintergründe für die geschäftliche Unterhaltung, Ehren- und Wohlwollensbekundungen verschlangen bereits ein Vielfaches der Zeit, die er zu Hause für die Durchführung vergleichbarer Vorgänge anzusetzen bereit gewesen wäre. Obwohl ihn der langsame Fortgang der Verhandlungen am ersten Tage Nerven kostete, gewöhnte er sich schnell an das japanische Geschäftsgebaren, ja, er begann sich sogar dabei wohl zu fühlen. Seine Gesprächspartner forderten ihn auch in den Abendstunden. Den Landesgewohnheiten entsprechend ging man mit ihm als Geschäftspartner abends auf Firmen- oder Behördenkosten aus. Er wurde bei einer solchen Gelegenheit von seinen Gastgebern dazu überredet, rohen Fisch zu essen. Wieder sein Erwarten mundete ihm das Fischgericht und verursachte auch keine Nachwirkungen. Die Spesenrechnungen seiner Begleiter waren für seine Vorstellungen Schwindel erregend, zumal nach dem obligaten gemeinsamen Abendessen in einem renommierten Restaurant auf der Ginza noch ein Nachtklub besucht wurde.

In Club Golden Cessekai machte Hyazinth auf Rechnung seiner Gastgeber auch die Bekanntschaft einer japanischen Hostess. Das Mädchen wie auch die Umgebung vermittelten einerseits den Eindruck, den auch europäische Amüsierbetriebe hinterlassen. Andererseits das Erlebnis jedoch überlagert von einem Hauch Exotik, der Hyazinth in Bann hielt.

Nach einigen eng getanzten Runden zog sich Hyazinth entsprechend dem Verhalten seiner Geschäftsfreunde mit seiner Hostess zur privaten Betreuung zurück. Sie war ihm beim Entkleiden behilflich, sie bereitete ihm ein heißes Bad, das sie zusammen mit ihm nahm, sie massierte ihn sanft und raffiniert und trieb ihn so, immer gewisse Formen wahrend mehr und mehr in ein erotisches Verlangen hinein, dass zu entladen sie ihm erst in den frühen Morgenstunden gestattete.

Es war das erste Mal, dass er sich mit einer Liebesdienerin einließ. Wie er sich nachher klarzumachen versuchte, hing dies wohl mit der äußerst persönlichen Betreuung und dem ausgesprochen wohlerzogenen Verhalten der Hostess zusammen. Entgegen dem primitiven und vulgären Gehabe vergleichbarer Berufsgenossinnen in Europa erweckt sie den Eindruck einer gebildeten und bescheidenen Frau. Er behielt sie als eine Mischung aus Geisha und Edeldirne in Erinnerung.

Zu seiner eigenen Verwunderung sehnte er sich in späteren Träumen noch öfter nach solchen Begegnungen, ohne dabei eine konkrete Bezugsperson, geschweige denn seine japanische Hostess aus dem Club in Tokio im Auge zu haben, deren Namen er bereits nach einigen Tagen vergessen hatte und deren Gesicht er sich schon nach einigen Stunden nicht mehr in Erinnerung rufen konnte.

Seine dienstlichen Belange führten ihn auch in die alte Kaiserstadt Kyoto und das nahe gelegene Nara. Die Fahrt dorthin unternahm er in einem der superschnellen Hikari-Züge, welche die Entfernung von ca. 400 km in knapp 3 h zurücklegen. Er genoss das

Tempo. Und er ertappte sich beim Aberglauben, als er während der Fahrt nach Süden des Fujiama ansichtig wurde. In Japan sagt man, wer den Fujiama einmal gesehen habe, der komme sicher noch ein weiteres Mal nach Japan. Dieses wünschte sich Hyazinth und sein Wunsch wurde zu einem Teil auch von den Erlebnissen im Club Golden Cessakai getragen.

Seine Freizeit im Kyoto und in Nara widmete er der Kultur. Der Todaiji-Budda, der Heijan Shrine, der alte Kaiserpalast, der Goldene Pavillon, Tempel und Gärten fesselten seine Aufmerksamkeit. Hier leistete er sich auch ein typisch japanisches Hotel, ein so genanntes Riukan.

Die sehr persönliche Betreuung durch das Zimmermädchen, das praktisch vor seiner Matte schlief, die geistreiche Unterhaltung durch eine Geisha, die besinnlichen Spaziergänge im Hotelgarten, die langen tiefgründigen Gespräche mit anderen Hotelgästen im heißen Bad, welche durch lange Pausen des Nachdenkens unterbrochen waren, all das brachte ihn innerlich zur Ruhe und verschaffte ihm die Möglichkeit, über sich intensiver nachzudenken, als dies sonst der Fall war. Und er erkannte sich als ein männliches Wesen, das die Frauen schlechthin liebt, jede näher kennen lernen möchte, die ihm auch nur einigermaßen sympathisch erschien und das nicht das Gefühl hat, der einen untreu zu sein, wenn es sich gerade mit einer anderen beschäftigt.

Er erschrak zunächst, als ihm dieser Gedanke in aller Klarheit und Konsequenz vor Augen stand, aber seine innere Ausgeglichenheit zu dieser Stunde gab ihm auch die Möglichkeit zu erkennen, dass dieses Erschrecken aus seinem Intellekt erwuchs, welcher seine starke animalische Komponente zur Kenntnis nehmen musste.

Im wurde auch klar, dass er durch seine intellektuellen Fähigkeiten gewisse Teile seiner Sinnlichkeit kompensieren konnte.

Er war klug und erfahren genug zu erkennen, dass sein Wohlergehen und seine Stimmungen nicht nur von seinen beruflichen Erfolgen der Befriedigung seiner geistigen Bedürfnisse, sondern zu einem guten Teil nur von Triebbefriedigung abhingen. Er fasste den Entschluss,

einen großen Teil seiner Selbsterkenntnisse nach der Rückkehr seiner Frau und auch Sonja mitzuteilen. In Japan verhalfen sie ihm zu einer größeren Ausgeglichenheit und Freundlichkeit gegenüber seiner Umgebung. Er fühlte sich, ohne entsprechende Zusammenhänge überprüft zu haben, wie ein echter Japaner.

Die Abreise aus Japan brachte für ihn einige Aufregung. Als er pünktlich 2 Uhr vor dem Abflugtermin am Flughafen Heneda Kuko in Tokio erschien, eröffnete ihm ein Angestellter seiner Fluggesellschaft, dass sein Flugticket ungültig sei, trotz eifrigen Verhandelns blieb ihm nichts anderes übrig, als sich ein neues zu besorgen. Aus organisatorischen Gründen war es ihm nur möglich, zunächst nur bis Hongkong zu buchen.

Mit Mühe und Not erreichte er unter Missachtung japanischer Höflichkeitsrituale seine Maschine nach Hongkong. Er musste sich zweimal landesunüblich an Warteschlangen vorbeimogeln, einmal bei den Sicherheitskontrollen und einmal bei den Passkontrollen, um sein Zeitziel nicht zu verfehlen.

Erschöpft ließ er sich in der Boeing 747 auf seinem Sessel nieder. Der Abschied vom Land der aufgehenden Sonne war ganz und gar unjapanisch in europäischer Hast verlaufen, und er hatte nach diesem Abschiedserlebnis die Befürchtung, auch alle Überlegungen und Gedanken, die er in Japan gehabt hatte, nun wieder hinter sich lassen zu müssen. Die europäische Wirklichkeit schien im rauer als die japanische zu sein.

Mit gewissen Erwartungen sah er einer neuerlichen Begegnung mit Li Yue Sai entgegen.

Als er in den Nachmittagsstunden in Hongkong landete, hatte er Sorge, Yue Sai unter den Wartenden nicht wieder zu erkennen, denn asiatische Gesichtszüge waren für ihn unspezifischer als europäische. Zu seiner eigenen Überraschung machte er sie aber sofort hinter der Absperrung der Zollkontrolle aus. Sie erschien ihm noch schöner und vor allem zierlicher als er sie in Erinnerung behalten hatte. Als sich ihre Blicke trafen, war es wie beim Zusammentreffen alter Freunde. Sie signalisierten sich Wohlwollen und Wiedersehensfreude bereits durch den Blickkontakt.

Nach Erledigung der Passformalitäten stand er ihr endlich gegenüber und legte seinen Arm um sie. Er sprach ihren Namen aus und sie hauchte seinen. So gingen beide eine Weile langsam ziellos durch das Flughafengebäude.

„Wie lange kannst du diesmal in Hongkong bleiben?", fragte sie dann unvermittelt in typisch chinesischem Englisch. Er reagierte erstaunt mit einer Gegenfrage „Seit wann kannst du englisch sprechen?" Mit unverhohlenem Stolz erzählte ihm nun Li Yue Sai, dass sie seine Abwesenheit dazu genutzt habe, sich einige Englischkenntnisse anzueignen. Sie habe ursprünglich vorgehabt, Deutsch zu lernen, diesen Vorsatz aber in Ermangelung eines geeigneten Lehrers aufgeben müssen. In der Tat ergab sich bei der nun folgenden Unterhaltung, dass sie in der kurzen Zeit erstaunliche Fortschritte gemacht hatte. Nur ihre Aussprache bereitete Hyazinth erhebliche Schwierigkeiten.

Um das nicht eingelöste und angeblich ungültige Rückflugticket von Tokio nach Deutschland verrechnen zu lassen, suchte er als erstes das Verkaufsbüro seiner Fluggesellschaft auf. Der Leiter des Verkaufsbüros entschuldigte sich für das Verhalten seines Kollegen in Tokio und stellte Hyazinth ein neues von Hongkong nach Hamburg aus. Die Auszahlung des nicht benutzten Tickets von Tokio nach Hongkong konnte nicht unmittelbar erfolgen. Hyazinth stellte Li Yue Sai eine Vollmacht aus, diese Angelegenheit für ihn zu erledigen. Um Ihn für den Ärger bei der Abfertigung in Tokio zu entschädigen, erhielt Hyazinth einen Gutschein für einen eintägigen Aufenthalt in einem renommierten Hotel in Kowloon.

Hyazinth war danach mit sich und der Welt wieder zufrieden. Seine innere Ruhe kehrte zurück und ohne jegliche europäische Hast fuhr er mit Li Yue Sai in sein Hotel. Ohne mit ihr eine Absprache getroffen zu haben, bestellte er dort in ihrem Beisein ein Doppelzimmer und

ließ den Boy sein Gepäck aufs Zimmer bringen. Sie nahmen im Dachrestaurant Ihres Hotels einen Tee, blickten sich schweigend verliebt an oder ließen ihre Blicke über den Hafen schweifen. Das Besondere an Hongkongs Hafen ist, dass er kaum Kais enthält. Fast alle Schiffe müssen auf Reede liegend durch Umladung auf kleinere Boote gelöscht werden. Als sie sich an diesem Bild satt gesehen hatten, unternahmen sie durch Kowloon einen Bummel. Er drängte sie dazu, ihr etwas Neues zum anziehen kaufen zu können. So probierte sie das eine oder andere Gewand aus chinesischer Seide und europäischem Zuschnitt an, verließ aber jedes Mal unter einem Vorwand wieder den jeweiligen Laden. Er wurde zwar nicht ungeduldig bei diesem Spiel, fragte aber nach einer Weile nach dem Beweggrund ihres Verhaltens. Dabei erfuhr er, dass Li Yue Sai aus extrem armen Verhältnissen stammte und zum ersten Mal in ihrem Leben Geschäfte betreten hatte, Konfektionsware anzuprobieren. Sie genoss dieses Erlebnis und wollte sich diesem Genuss wieder und wieder aussetzen. Zum anderen kamen ihr jedes Mal die Preise Schwindel erregend hoch vor, so dass sie sich nicht zum Kauf entschließen konnte. Letztlich bat sie Hyazinth, ihr eine bescheidene

Summe, die gut unter der Hälfte der in Erfahrung gebrachten Durchschnittspreise lag, auszuhändigen, sie würde damit an geeigneter Stelle schon das Richtige für sich finden. Er willigte ein und war verblüfft, dass seine Begleiterin auf der Stelle verschwand. Da sie keinen Treffpunkt vereinbart hatten, blieb ihm nichts anderes übrig, als auf sie in seinem Hotel zu warten. Tatsächlich erschien sie dort nach etwa 2 Stunden in Begleitung eines alten Chinesen, der nach Hyazinths Ermessen 100 Jahre alt sein musste. Der Augenschein schien aber zu trüben, denn der alte Chinese entwickelte enorme sprachliche Ambitionen, versuchte sich in englischer, französischer und deutscher Sprache - und das sogar mit gutem Erfolg - dahingehend verständlich zu machen, dass er Hyazinth die Maße für einen Anzug abzunehmen gedachte. Dabei versicherte er immer wieder, dass er sehr preiswert arbeiten könne und nur beste Seide verwende. Das Verkaufsgespräch brachte Hyazinth in der Tat dazu, sich einen Anzug anmessen zu lassen. Zu einem Preis, mit dem deutsche Konfektionsware durchaus konkurrieren konnte, erhielt der am Abend des folgenden Tages vor seiner Abreise einen Seidenanzug geliefert, der aus vielerlei Gründen noch lange ein gutes Erinnerungsstück bleiben sollte. Li Yue Sai wartete ebenfalls am folgenden Tage mit neuer Garderobe auf. Das Material war chinesisch, der Schnitt europäischen Vorstellungen angenähert. Sie verkörperte darin eine Chinesin mit abendländischem Hauch. Genau diesen Eindruck wollte sie auf Hyazinth machen, wie sie freimütig zugab. Nach dem Besuch des chinesischen Schneiders glaubte sie, Hyazinth einige Erklärungen schuldig zu sein. Sie berichtete, dass sie in ihrem Bekanntenkreis viele fleißige Leute habe, die sich auf das Schneidern von Damen- und Herrengarderoben verstünden. Eben an diese habe sie sich gewandt, um sich und ihn neu einzukleiden. Dann ging sie unvermittelt auf ihn zu, umarmte und küsste ihn leidenschaftlich, wie er es einer Chinesin nie zugetraut hätte. Jegliche Zurückhaltung war auf beiden Seiten plötzlich hinweggeschwemmt, er verlor seine asiatische innere Ruhe und in wilder Liebe gaben sich beide einander hin.

Die bevorstehende Trennung von Li Yue Sai war nach menschlichem Ermessen endgültig. Dieses Bewusstsein hatte von Anbeginn über dieser Zuneigung geschwebt und er hatte dennoch auf eine Intensivierung hingearbeitet.

In der Nacht vor seinem Rückflug nach Europa hatte ihm geträumt, er sei Dschingis Chan. Mit rücksichtsloser Brutalität eroberte er in dieser Traumrolle die Liebe von Frauen verschiedenster Rassen während der Feldzüge mit seinen reitenden Horden. Zu seinem Erstaunen gaben sich die Opfer seiner Begierden ihm willig und liebevoll hin. Er erwachte mit dem Herrschaftsanspruch eines Mongolenfürsten und hatte diese Traumwelt sogleich an Li Yue Sai ausgelebt. Sie hatte seine wilde Zärtlichkeit mit eben der von ihm im Traume genossenen unterwürfigen Liebe entgegnet. Dieses verblüffte ihn so sehr, dass er, noch außer Atem bei sich beschloss, diese Art Liebhaber auch bei anderer Gelegenheit zu spielen. Bisher waren seine Reaktionen gegenüber Frauen, die er liebte, immer von starkem Einfühlungsvermögen getragen gewesen und er hatte geglaubt, nur so dürfe man lieben. Nun hatte er sich in einer anderen Liebhaberrolle erfolgreich erlebt und war auf weitere Ausweitungen seines Erlebnisbereiches neugierig.

Der Abschied von Hongkong war für ihn wie das unsanfte geweckt werden aus einem Traum. In Wehmut verabschiedete er sich von seiner Geliebten. Obwohl sie nur wenige Abschiedsworte zu ihm sprach, hörte er ihr nicht zu. Benommen nahm er seinen Platz im Flugzeug ein und diese Stimmung verließ ihn auf dem ganzen Rück-flug nicht. Nachdem er einen letzten Blick auf die Lichter von Hongkong geworfen hatte, fiel er in einen unruhigen Schlaf. In kurzen Traumphasen erschienen ihm nacheinander Liebesszenen historischer Personen. Ob er nun Ramses II., Alexander den Großen, Hannibal, Kaiser Barbarossa oder Napoleon als Liebhaber im Traume erlebte, alle verhielten sich gegenüber ihren Geliebten herrisch und fordernd und wurden dabei glücklich. Seine eigenen erotischen Erlebnisse der letzten Tage und die dadurch ausgelösten Träume führten zu einer gewissen Bewusstseinsverhinderung. Er verdrängte seine alt ein gewurzelte Philosophie über die Liebe und zimmerte sich in aller Eile eine neue, indem er Rechtfertigungen für ein Rollenverhalten sammelte, bei dem der Mann als Eroberer und Beherrscher der Liebesszene auftritt. Seine Einstellung bekam während des Fluges schon eine Stewardess zu spüren. Sie war hübsch, wie alle ihre Berufskolleginnen und dienstbereit, wie es ihr Beruf verlangt. Das erweckte in ihm sein neues Rollenverlangen. Seinen ersten Flirtversuchen begegnete sie mit dem berufsüblichen "Rühr-mich-nicht-an-Blick". Sie konnte sich ihm aber nicht entziehen, denn ihre Tätigkeit brachte sie während der einige Stunden dauernden Flugzeit immer wieder in seine Nähe. Die permanente Werbung Hyazinths blieb auf die Dauer nicht ohne Erfolg. Nachdem die Mauer des unpersönlichen Dialogs durchbrochen war, kam es zu persönlichen Wortfetzen und Körpersprache, so dass jeder der beiden neugierig wurde, mit welchen Signalen der Gesprächspartner den Dialog weiterführen würde.

Bei der Ankunft der auf dem Rhein-Main-Flughafen in Frankfurt waren Hyazinth und die Stewardess Sylvia so verabredet, dass jeder von beiden mehr als ein Abendessen und eine nette Unterhaltung von dem Zusammentreffen erwartete.

Ausgangspunkt des gemeinsamen Abends war die Dach-Bar des Inter Continental Hotels. Man kann von diesem Punkt aus große Teile Frankfurts übersehen und welches Lichtermeer einer Großstadt wirkt aus der Ferne genossen nicht anregend für nette Gespräche zu zweit.

Das Abendessen nahmen beide auf Vorschlag von Hyazinth in einem Künstlerlokal am Opernplatz ein. Das etwas kleine aber sehr persönlich eingerichtete Lokal erlaubte allzu private Unterhaltungen nicht, denn die Nachbarschaft der übrigen Gäste ließ dies nicht zu. Auf diese Weise steigerte sich bei beiden die Spannung auf erotische Gesten. Als sie dieses Lokal verließen, schmiegte sich Silvia eng an Hyazinth und er bestätigte durch zeitweiliges umfassen ihrer Hüfte ihre Gefühle für ihn.

Der Wunsch Sylvias, mit Hyazinth eines der vielen Frankfurter Nachtlokale zu besuchen, in denen auch Striptease geboten wird, weil sie dieses noch nie gesehen, es sich aber schon immer einmal zu betrachten gewünscht habe, passte recht gut zur Stimmungslage beider und man fand sich nach einigen Metern Fußweges in der New York City Bar wieder.

Sylvia war sicher an diesem Ort das einzige nicht beruflich hier weilende weibliche Wesen. Nachdem der Portier passiert und ein Platz in Bühnennähe eingenommen war, fiel dieser Sachverhalt aber nicht weiter auf, denn überall gruppierten sich an kleinen Tischen Männer und Frauen. Dabei handelt es sich bei Ersteren um einen repräsentativen Altersquerschnitt der

Bevölkerung, während Letztere deutlich jüngeren Jahrgangs waren.

Das Nachtprogramm bot die übliche Mischung aus Kunst, Kitsch und Pornographie.

Zum Erstaunen ihres männlichen Begleiters erregte sich Silvia während der Dar-bietungen weiblicher Körper sichtlich. Er hatte bisher angenommen, dass der Anblick weiblicher Reize nur Männerherzen höher schlagen ließ und bei Frauen relativ neutral aufgenommen würde.

„Du wirst ja ausgesprochen lüstern, wenn wir hier noch länger bleiben", sagte er deshalb zu Silvia. Sein Erstaunen wuchs, als sie ihm dieses auch noch bestätigte. „Mit deren Figuren kann ich mithalten" ,entgegnete sie. „Ich dachte bisher immer, Mädchen, die sich in Nachtlokalen vor Männern ausziehen, seien etwas ganz besonderes." „Das erklärt noch nicht alles", meinte Hyazinth „Du bist ja ausgesprochen erregt, wenn du schöne Geschlechtsgenossinnen erblickest!" Die Antwort kam nach einigem Zögern und in anderem Tonfall als bisher: „Weibliche Körper interessieren mich schon immer stärker als männliche!" „Ja?" „Ja, schon als Mädchen konnte ich mich beim Baden stundenlang mit meinem eigenen Körper beschäftigen." „Wie meinst du das?" „Ich erforschte meine erogenen Zonen und entspannte mich dabei herrlich." „Da liegt die Frage nahe", flüsterte Hyazinth „ob du dich nicht auch mithilfe anderer Frauen entspannenst oder dich von ihnen erobern lässt?" „Sei still!", flüsterte Silvia sehr erregt, „Ich will das Programm genießen, wir sprechen später darüber."

Hyazinth betrachtete seine Begleiterin erstaunt und amüsiert zugleich, einmal fühlte er sich ihr nach dieser Unterhaltung deutlich überlegen, zum anderen reizte ihn an dieser Frau ihr Abweichen von der Norm.

Das Nachtprogramm war zu Ende und Sylvia drängte zum Aufbruch. „Sollen wir zu dir gehen oder zu mir?", fragte sie hastig beim Hinausgehen. „Gehen wir in mein Hotelzimmer!" entschied Hyazinth." „Aber wir müssen uns unbedingt auch einmal bei mir treffen!" beharrte Sylvia.

Die weiteren Annäherungen zwischen Sylvia und Hyazinth verliefen so wie bei jungen Leuten, die sich zum ersten Male körperlicher Liebe hingeben. Das veranlasste ihn zu fragen, ob sie zum ersten Mal mit einem Mann zusammen sei. Die verblüffende Antwort war „Ja!" Und bevor sie sich ihm hingab hauchte Sylvia noch: „Ich bin nur deshalb ausnahmsweise auf einen Mann hereingefallen, weil du im Flugzeug so herrlich herrschsüchtig und liebesaggressiv warst. Eigentlich ist es Neugierde, die mich in deine Arme treibt. Da wuchs er noch stärker in seine neue Liebhaberrolle und mit einer gewissen Brutalität vollzog er Liebe an Silvia. Sie hingegen genoss diesen Vorgang in einer Intensität und mit einer derart starken Äußerung von Gefühlsausbrüchen, die Hyazinth vorher noch nie bei einer Frau erlebt hatte.

In der ersten Pause nach dem Liebeserlebnis beichtet sie ihm in großer Offenheit ihre lesbischen Beziehungen zu einigen Freundinnen. Während er schwieg, teils vor Erschöpfung durch den langen Flug, teils vor Ermattung durch sein jüngstes Liebesabenteuer, redete sich seine Geliebte alle sexuellen Probleme von der Seele, die sie jemals hatte oder zu haben glaubte. Sie hielt ihn für einen verständnisvollen Zuhörer. „Ich bin der erste Mann im Leben dieser sexuell erfahrenen Frau", konnte er noch denken, dann überkam ihn der Schlaf.

Als er aufwachte, war es heller Tag. Sylvia war bereits wach. Ihrem spontanen Verlangen nach neuerlichen Liebesbezeugungen kam er schlaftrunken nicht sofort nach. Da begann sie, sich vor seinen Augen selbst zu erregen. Die bisherige gemeinsame Vorgeschichte hatte sie alle Hemmungen vor Hyazinth fallen lassen.

Wiederum entdeckte er beim Anblick dieser Frau eine neue Eigenschaft an sich: Er konnte sich am Anblick einer sich selbst erregenden Frau begeistern! Und so kostete er den optischen Eindruck solange aus, bis seine Erregung eine Vereinigung mit seiner Geliebten verlangte.

„Sind Männer treu?", fragte Silvia nach einer Weile ängstlich." „Ich weiß es nicht, manche

ganz sicher nicht!", erwiderte er. „Ich möchte auf keinen Fall, dass all das Aufregende und Schöne, das in letzter Zeit zwischen uns passiert, ein Dritter erfährt." „Das hat auch eher etwas mit Verschwiegenheit denn mit Treue zu tun", schob er ein.

„Mir bleibst du schon treu, wenn du in diesem Sinne verschwiegen bist", meinte sie und war nicht zu bewegen, dieses Thema zu vertiefen.

„Du hast mir versprochen, mich auch in meiner Wohnung zu lieben", sagte Silvia dann ganz unvermittelt. „Worauf warten wir, brechen wir auf!" Hyazinth tat ihr den Gefallen.

Sie bewohnte ein Apartment in Frankfurt-Nied, einem Vorort, der am Mündungsgebiet der Nidda in den Main gelegen ist. In dem Haus hatten sich etliche Stewardessen eingemietet. Sylvia machte ihn darauf aufmerksam, dass auch einige gute Freundinnen von ihr darunter seien. Ihre Wohnung war geschmackvoll und teuer eingerichtet, das erkannte man auf den ersten Blick. Hyazinth störten beim zweiten genaueren Hinsehen die vielen Spiegel.

Sylvia kleidete sich sofort nach ihrer Ankunft völlig aus und begann sich tänzelnd in ihren Räumen zu bewegen. Ihre häusliche Atmosphäre bereitete ihr offensichtlich Freude und Sinnlichkeit. Sie kam in eine überschwängliche Stimmung und begann per Telefon eine Reihe von Freundinnen anzurufen und einzuladen. Hyazinth wurde sich der Eigenart dieses Spieles erst bewusst, als es klingelte und die erste Freundin erschien. Sylvia empfingen sie im Evaskostüm und geleitete sie schnell in den geräumigen Wohnraum zu Hyazinth. „Ich habe mir einen Mann angelacht", sagte sie etwas gespreizt und lachte auffällig laut dazu, „Bitte, sieh' ihn dir näher an!"

Während Hyazinth dem Besuch noch hilflos gegenüberstand, klingelte es abermals und die Begrüßungszeremonie wiederholte sich. Insgesamt brachte es Sylvia auf drei Besucherinnen, welche sich nach einigen Minuten der Eingewöhnung übertrieben laut mit ihr unterhielten, dabei aber immer auf die Person von Hyazinth oder auf Männer schlechthin Bezug nahmen. Er versuchte, die Situation in den Griff zu bekommen. „Ich verstehe Ihre Aufregung nicht, meine Damen", sagte er ziemlich herablassend, „Man muss doch auch mit ungewöhnlichen Situationen fertig werden, ohne zugleich die Nerven zu verlieren! Sie scheinen sich über spezielle Probleme mit einem Vertreter des männlichen Geschlechts unterhalten zu wollen. Bitte stellen Sie Ihre Fragen, ich werde mich bemühen zu antworten. Manches werde ich nicht beantworten können, manches werde ich nicht beantworten wollen."

Obwohl sein Tonfall alle Anwesenden reizen musste, wurde das Gespräch in diesem Kreise daraufhin verbindlicher und offener. Er musste sich eine Stunde lang mit Problemen gleichgeschlechtlicher Liebe herumschlagen.

Die Gäste von Sylvia war beeindruckt von der Art, wie er Fragen nach seinen intimen Beziehungen zu Sylvia umging, schließlich fühlten sie sich einhellig zu der Bemerkung veranlasst, dass sie an Sylvias Stelle alle so gehandelt hätten und dass sie Sylvia beneideten.

Bevor es zu einer Orgie kommen konnte, entzog sich Hyazinth diesem Kreise. Auf immer hatte er sich ihm allerdings damit nicht entzogen. Sylvia kam im Verlauf der späteren Monate immer wieder zu ihm zurück. Und sie brachte jeweils einige Probleme aus ihrer Umgebung mit. In der Erinnerung an Sylvias Freundinnenkreis überwog der Eindruck, dass auch Frauen untereinander liebestoll sein können.

Nach einem längeren Telefonat aus seinem Hotel mit Sylvia traf er Vorbereitungen für seinen Heimflug nach Hamburg. Dort erwarte ihn seine Familie, auf die er sich nun wieder einstellen musste. Die Abenteuer auf seiner Asienreise hatten ihre Spuren in seinem Inneren in Frankfurt etwas verblassen lassen.

Im Flugzeug nach Hause fielen ihm die Augen zu und es erschien ihm im Traume Cäsar. Dessen Verhalten gegenüber dem weiblichen Geschlecht war differenzierter als das seiner Traumvorgänger. „Cleopatra", so hörte ihn Hyazinth sagen „ist eine Frau, die man nicht

beherrschen kann, aber man kann sie trotzdem lieben!", und er verwies Hyazinth auf die Binsenweisheit, dass im Leben alles komplizierter als im Traume sei. Hyazinth erwachte erschrocken und ernüchtert. Mit der Ladung auf Hamburger Boden drängte sich ihm Sachzwänge auf, die er in der Ferne vergessen hatte. Mit dem Alltag wurden seine erotischen Ambitionen reduziert. Er musste mit wesentlich weniger erotischen Gedanken auskommen, als er sich hatte träumen lassen.

Seine Familie empfing ihn mit überschwänglicher Freude, wie es nach einer Weltreise üblich ist. Die mit Sorgfalt im fernen Osten ausgesuchten Geschenke steigerten die Hochstimmung der Zurückgebliebenen. Die Spur von Steifheit bei der ersten Begrüßung wurde ihm weiter nicht übel genommen. Seine Frau deutete das Verhalten als Erschöpfung. Nach einem Tag im Kreise seiner Lieben war er dann auch wieder der Alte.

Sein erster Anruf bei Sonja trug ihm eigenartige Gefühle ein. Statt einer freudigen Begrüßung schlug ihn gedrückte Stimmung und sogar Verzweiflung entgegen. Nur mit Mühe konnte er für den folgenden Tag eine Verabredung zu einem gemeinsamen Mittagessen erreichen. Sonja bestand auf dem Kaffee Paris in Rathausnähe, einem lauten Lokal, also auf einem Ort, in dem man sich nicht ungestört unterhalten konnte. Hyazinth musste dort einige Zeit auf Sonja warten. Schließlich tauchte Sonja auf. Sie hatte sich in der kurzen Zeit seiner Abwesenheit verändert, wirkte ihm gegenüber unsicher, bisweilen gab sie sich verschlossen; die alte Vertrauensbasis war zerstört, das merkte er nach ihren ersten Sätzen. Ihm schlug nicht mehr wie bisher unablässig Wohlwollen entgegen.

Hyazinth leitete vorsichtig seine Analyse ein. „Was bedrückt dich so?", fragte er, „Hat die Karte aus Tokio nicht deinen Geschmack getroffen?" Mit einer Geste tat Sonja diese Frage ab. Sein zweiter Anlauf brachte mehr Aufschluss über ihre Sorgen. „Wie geht es deinem Studium? Hast du...." „Ich konnte mich darum nicht kümmern!", unterbrach sie ihn. „Nein?" „Ich muss meine Zielsetzung von Grund auf überdenken. Bevor ich dabei nicht zu einem Ergebnis gekommen bin, investiere ich nichts mehr in eine Ausbildung, die ich dann möglicherweise gar nicht mehr abschließen will!"

„Darf ich dir beim Lösen deiner privaten Probleme helfen?", fragte Hyazinth bedächtig und in sehr entgegenkommendem Ton. „Du willst mir helfen? Du bist mein Problem!" „Das kommt aber für mich etwas plötzlich, da sind dir doch in meiner Abwesenheit Gedankt gekommen, die ich ganz und gar nicht kenne." Ihr Gesicht nahm einen weinerlichen Ausdruck an und sie war nicht in der Lage weiter zu sprechen. Willenlos ließ sie sich zu einem Spaziergang um die Außenalster überreden. Nachdem beide bei Bobby Reich eingekehrt waren und schweigend das An- und Ablegen von Segeljollen und kleinen Yachten beobachtet hatten, sagte sie plötzlich: „Meine Eltern haben mir einen Wagen geschenkt." „Gratuliere! Aus welchem Anlass denn?", Du hast doch gar keinen Geburtstag und bis Weihnachten ist noch lange hin." „Wegen dir!", entfuhr es ihr fast zornig und sogleich traten ihr deutlich sichtbar Tränen in die Augen.

Hyazinth ließ ihr Zeit, sich wieder zu beruhigen. „Sie haben mir das Auto geschenkt, damit ich auf andere Gedanken komme und dich vergesse!", sagte Sonja wiederum unvermittelt. Nun nahm er zum ersten Mal seit seiner Rückkehr ihren Arm, drückte sie im Weitergehen ab und zu an sich und schwieg. „Ich bin ganz unglücklich, ich kenne keinen Ausweg und ich kann gar nicht mehr richtig denken", flüsterte sie und machte einen hilflosen Versuch, sich an ihn zu schmiegen, aber der Versuch misslang, das merkten beide.

Was auch immer für Diskussionen zwischen Sonja und ihren Eltern über ihn stattgefunden haben mochten, er hütete sich davor, weiter danach zu forschen. Er nahm das verzweifelte, willenlose Mädchen mit in sein unaufgeräumtes Arbeitsdomizil tat ihr dort Liebe an, ohne dass sie dabei recht zur Besinnung kam. Unter dem Einfluss seiner fordernden Reize, die in dieser Art für sie neu und unbekannt waren, unterwarf er sie sich in Liebe, wie er dachte.

Genau diesen Gedanken sprach Sonja aus, als sie wieder zu sich gekommen war. „So herrschsüchtig habe ich dich ja noch nie erlebt, so kenne ich dich ja gar nicht!", sagte sie leise „Aber ich muss gestehen, dass ich recht froh bin, dass du mich nicht vor die Wahl gestellt hast. Ich brauchte dringend ein deutliches Zeichen deiner Liebe. Jetzt fühle ich mich viel wohler als noch vor ein paar Minuten. Ich glaube, dass du ein ungewöhnlich gutes Einfühlungsvermögen besitzt, sonst hättest du nicht genau das getan, was ich dringend brauchte", sagte Sonja während sie sich wieder ankleideten. Hyazinth verschwieg ihr wohlweislich, dass seine heutige Reaktion mehr mit einer neuen Einstellung gegenüber dem weiblichen Geschlecht als mit besonderem Einfühlungsvermögen zu tun hatte.

„Bitte doch einfach deine Eltern, sich mit mir direkt einmal zu unterhalten, als dich unter Druck zu setzen", empfahl er Sonja beim Auseinandergehen und sie willigte ein. Nach einigen Tagen erreichte ihn ein Brief von Sonjas Eltern. Ihr Vater macht ihm darin im höflichen Ton aber mit bestimmten Worten klar, dass er und seine Frau ein Verhältnis zwischen Sonja und ihm für unzweckmäßig und schädlich für ihre Tochter hielten. Der Brief endete mit dem Appell an Hyazinth, von ihrer Tochter abzulassen. Hyazinth begnügte sich mit einer Antwort, in der er diese Haltung mit Bedauern zur Kenntnis nahm.

Von Sonja ließ er nicht ab. Beide kamen aber überein, im Hinblick auf den bevorstehenden Besuch Sonjas in seinem Hause sich eine gewisse Zeit Zurückhaltung aufzuerlegen, damit sie das Kamingespräch besser verkraften könne.

Während sich Frau Herrenberg ganz im Besitze der Zuneigung ihres Mannes wähnte und selbstbewusst als Hausherrin den lange geplanten Abend weiter vorbereitete, kamen Hyazinth mehr und mehr Bedenken gegen die Auswahl der Gäste, gegen die Idee an sich, aber der Stein war im Rollen und er konnte das Kamingespräch nur noch modifizieren, aber nicht mehr verhindern.

An einem Freitagabend war es dann so weit. Artig erschienen die geladenen Gäste im Hause Herrenberg und lieferten der Dame des Hauses ihr Blumensträußchen ab. Einige hatten auch eine kleine Aufmerksamkeit für den Hausherrn dabei und keiner, auch der Vorwitzigkiste nicht, erlaubte sich beim Eintreffen irgendwelche Anspielungen auf das Thema des Abends.

Hyazinth spielte die Rolle des Gastgebers überzeugend und sorgte dadurch mit dafür, dass alle sich wohl fühlten, obwohl noch keiner von ihnen ein ausgesprochenes Erfolgserlebnis hatte. Außer der formalen Begrüßung hatten sich die Gastgeber ein näheres Vorstellen in der Kaminrunde ausgedacht und auf ihren Wunsch hin erzählte nun ein jeder und eine jede so viel Persönliches über sich, wie sie offenbaren wollten. Als ersten veranlasste man Kaplan Albin Kaiser aus seinem Leben zu plaudern. Er beschränkte sich darauf, mitzuteilen, dass er das Zölibat weder aus Enttäuschung in der Liebe gewählt habe, noch um sich grundsätzlich diesen Begriff zu entziehen. Die heutigen Gastgeber lobte er wegen ihres mutigen Versuchs, sich mit einem der wichtigsten Themen der Menschheit ehrlich auseinandersetzen zu wollen. „Meine augenblickliche Aufgabe besteht darin, Jugendseelsorge zu betreiben. Dabei erlebt man das zum Teil verkrampfte Bemühen schlecht auf die Liebe vorbereiteter junger Leute um diesen zentralen Begriff. Ich verspreche mir von der heutigen Unterredung geistige Hilfestellungen für meine Arbeit. Möglicherweise ist aber meine Hilfestellung in einem Teilbereich, in dem ich sie leisten kann, auch heute Abend schon gefragt", schloss er seine Vorstellung ab.

Joachim Faust fühlte sich veranlasst, einige anerkennende Bemerkungen über den Kaplan loszuwerden. Er hatte lange Zeit keinen Pfarrer mehr aus der Nähe erlebt und musste sich nun eingestehen, dass diese Personen auch menschliche Züge trugen. Das draufgängerische Naturell des Kaplans, seinem Verhalten etwas verwandt, imponierte ihm. „Ihnen fehlt zum

Erfolg ihrer Jugendseelsorge eine Lederjacke und ein schweres Motorrad, Herr Kaiser." „Ich würde beides einsetzen, wenn es mir zur Verfügung stünde", entgegnete Albin Kaiser. „Dann werben sie die Mittel doch ein, schließlich bezahlen viele Leute Kirchensteuer. Wenn diese zu solchen Zwecken angelegt wird, zahlen diese Leute sie sicherlich lieber als bisher!" Kaiser entgegnete, dass Kapläne finanziell kurz gehalten würden. Das bewog Faust zu dem Versprechen, dass er dafür sorgen werde, dass Kaiser für seinen Dienst einen "Heißen Ofen" und das entsprechende Zubehör bekäme. „Das Gespräch über die Liebe nimmt jetzt eine eigenartige Wende, ich meine, wir sollten nicht den roten Faden verlieren", wehrte Kaiser ab.

Hyazinth bat Joachim Faust, sich dem Kreis etwas näher vorzustellen. Dieser griff Kaisers Worte auf und meinte: „Meine Eltern erzogen mich in Sachen Liebe zu streng. Das hat mich veranlasst, dieses Thema in jungen Jahren ganz zu verdrängen. Spätere Liebschaften brachten mir nur Enttäuschungen ein. Aus diesen beiden Gründen habe ich mich bisher da herausgehalten und bin Junggeselle geblieben, allerdings fühle ich mich keinem Zölibat verpflichtet."

„Ausgesprochen originell", warf Hyazinth nach einem Räuspern ein. „Solche selbst ernannten Amateure wie du sind Profis, die keine Steuern zahlen!", meinte ironisch Elke Simmer, die wusste, dass man ihr Anspielungen dieser Art nicht übel nahm, ja, dass man solches aus ihrem Munde erwartete. „Dann können sie auch dranbleiben", meinte Paule Mielke, „ihre Charakterisierung von Herrn Faust ist ja sehr interessant, aber ich hatte mir wie viele Anwesende eher eine Aussage von Ihnen über sich selbst versprochen!"

„Ich fühle mich nicht wie ein Amateur, weder auf dem einen noch auf dem anderen Gebiet. Ich löse durchweg Probleme, die ich selbst verursacht habe. Für die Probleme anderer fühle ich mich weniger zuständig. Das trifft auch für mein Verhältnis zur Liebe zu. Ich habe eine Systematik meiner eigenen Gefühle zusammengestellt und dekliniere und konjugiere das Verhalten anderer danach. Wenn andere dann betroffen sagen, ich läge falsch, lasse ich sie in diesem Glauben und gehe meiner Wege." Und mit einem Blick auf Hyazinth fügte sie hinzu „Ich muss mit Befriedigung feststellen, dass Personen, die meiner Anschauung zunächst skeptisch gegenüber standen, inzwischen Verständnis und sogar Wohlwollen für mich aufbringen."

„Sind Sie Aussteigerin in Sachen Liebe?", fragte Albin Kaiser. „Ich erlebe sie zum ersten Male und kann einige Anspielungen, die sie offensichtlich machten, nicht richtig einordnen."

„Das Wort Aussteigerin gefällt mir ganz gut", entgegnete Elke Simmer, "Aber in Sachen Liebe kann man, so meine ich, nicht aussteigen, das haben ja selbst Sie zu Beginn ihrer Einlassungen zugegeben." „Na ja, die Liebesfähigkeit von Geistlichen ist seit mehr als 1000 Jahren im Gerede, ich will das Thema nicht vertiefen. So, wie man eine Wallfahrt schlecht als Olympiade der Frommen ansehen kann, kann man auch schlecht irgendeiner Gruppe wie zum Beispiel den Prostituierten besonders qualifizierte Aussagen über die Liebe unterstellen."

Da ergriff der Hauherr die Initiative und meinte, seine Gäste sollten sich doch zunächst mehr der Vorstellung Ihre Person widmen und weniger dem Thema des Abends. Es sollten dabei allen Anwesenden der berufliche und private Hintergrund der Gesprächspartner offenbart werden und weniger Ihre persönliche Ansicht zum Thema.

Man hielt sich bis auf Frau Hygen brav an die verkündeten Spielregeln. „Welchen Part das Los mir für die heutige Diskussion auch zuteilen wird, ich möchte doch klar sagen, dass tradierte, strenge moralische Grundsätze Kernpunkte meiner persönlichen Auffassung sind."

Paul Mielke stellte sich als gehetzten Manager da, der zu wenig Zeit besäße, um das Leben und die Liebe zu erfahren. „Ich muss das meiste aus Büchern holen", schloss er seine Vorstellung ab.

Irma Lachmann gab erwartungsgemäß zum Besten, dass man sich auch den Erfolg in der

Liebe verdienen müsse und dies manche Personen nicht wahrhaben wollten, dann hielt sie erschrocken inne und meinte sehr zur Betroffenheit Hyazinths „Ich bin nur eine Kurzstreckenträumerin, meine täglichen Aufgaben haben mich zur Realistin werden lassen. Für mich ist das heutige Thema eigentlich schon zu romantisch."

Als Sonja an der Reihe war, meinte sie nach ein paar persönlichen Daten nur „Ich werde von keiner abgerundeten Lebensphilosophie aus diskutieren können, mehrmals glaubte ich, eine derartige Basis zu besitzen, aber ich modifizierte sie dann doch wieder und bin mir nicht sicher, ob dies nicht noch öfter der Fall sein wird."

Die Bardame Petty sagte lediglich zu ihrer Vorstellung: „Ich bin zweimal geschieden und kenne das Leben, auch seine Abgründe, auch die Abgründe der menschlichen Liebe."

Auch Britta fasste sich sehr kurz „Halten sie mich für eine lebenslustige Studentin" sagte sie nur.

Herr Lachmann glaubte sagen zu müssen, dass solche Zusammenkünfte die herrlichste Nebensache der Welt seien und er mitmache, weil es zu den Spielregeln gewisser Kreise gehöre, sich über alles Mögliche akademisch zu unterhalten. „Sie werden merken, ich verstehe von der Sache nicht viel, aber Gott sei Dank von vielen wichtigen Dingen!"

Beate Herrenberg bot dazu ein Kontrastprogramm. Die Welt werde für sie durch Nachdenken erst schön, auch wenn man dabei auf Unangenehmes stoße.

„Intellektuelle sind für mich Leute, die über Bücher reden, die andere geschrieben haben", meinte daraufhin Herr Lachmann. „Ich freue mich darüber hinaus immer," , fuhr Beate Herrenberg fort, „wenn ich Personen treffe, welche die grenzenlose Fülle von Ausdrucksmöglichkeiten nutzen. Immer wenn in einer Aussage die bildliche Wurzel der Wortbedeutung mitschwingt, ist dies mir ein Genuss und besonders freue ich mich, wenn derartiges mir gelingt."

Hyazinth Herrenberg charakterisierte sich als reisefreudigen, vielseitig interessierten Intellektuellen. „Mein Wissen gebe ich gern an andere weiter, jedoch gibt es einige Reservate persönlicher Erfahrungen, über die ich nicht mit anderen spreche. Es bereitet mir außerdem Freude, andere zu beeinflussen. Ich gebe zu, dass man das auch mit dem Begriff "Beherrschen" verwechseln kann. Schließlich versuche ich die Menschen meiner Umgebung eher zu verstehen als sie zu beurteilen", schloss er seine Einführung ab.

„Wer seine Umgebung beeinflussen möchte, was Du zugegebenermaßen gerne tust, der wird sie vorher analysieren müssen; dabei stuft er sie ein, bewertet sie. Das bedeutet, dass er nach der Skala seiner Gefühle und seiner Normen manche verurteilt und manche sehr sympathisch findet. Über diesen Widerspruch musst Du uns noch aufklären!" warf Paule ein.

„Natürlich reihe ich Personen meiner Umgebung nach Wertschätzung auf der Perlenschnur auf, aber die Perle am unteren Ende finde ich nur anders als mich, selten weniger wertvoll."

„Du siehst dich also immer am oberen Ende der Skala?", fragte Paule spöttisch. „Ja", entgegnete Hyazinth in der gleichen Tonlage. „Ich habe das reinste Gewissen von allen, weil ich es regelmäßig wasche!" Er erschrak selbst über den Sinn seiner Worte. Die Unterhaltung brach glücklicherweise an dieser Stelle ab, weil wohl niemand mit dieser Aussage zu Recht kam.

Frau Herrenberg bat die Gäste zu Tisch. Die Spargelcremesuppe ließ alle Gespräche verstummen. Zum Tischwein aus der Pfalz hielt Hyazinth eine kleine Damenrede, in der er bestimmte weibliche Wesen mit bestimmten Weinsorten verglich. Als er in seine Betrachtungen auch Schaumweine einzubeziehen begann, brachte die Hausfrau den Hirschbraten mit Preiselbeeren und Kroketten auf den Tisch und Hyazinth fand einen schnellen Übergang zum Hauptgericht.

Alle ließen es sich munden.

Beim Dessert, Eis mit heißen Himbeeren, ließ man sich Zeit, obwohl kaum einer den Beginn des Kamingesprächs über das große Thema erwarten konnte. Auch merkte man bei der Konversation bei Tisch einigen an, dass sie sich zurückhielten, um die vorbereiteten Bonmots nicht zu früh zu verschießen.

Schließlich kann das Zeichen zur Umgruppierung, der Hausherr schürte das Kaminfeuer, überredete alle Teilnehmer dazu, mit einem kräftigen Kabinettwein aus Rheinhessen anzufangen und stellte einen leeren Sektkübel, der die Lose aufnehmen sollte, auf den Tisch.

Man diskutierte kurz über die möglichen Standpunkte, die man zu diesem Thema einnehmen könne und entschloss sich, folgende Rollen zu verteilen:

Rolle 1: Die platonische Liebe als einzig ausführbare Form,
Rolle 2: Die reglementierte Liebe als historisch bewiesene Form,
Rolle 3: Die freie Liebe als einzig befriedigende Form,
Rolle 4: Die gleichgeschlechtliche Liebe als einzig verachtete Form,
Rolle 5: Die Liebe, eine einzige Illusion,
Rolle 6: Hassliebe als pervertierte Form der Liebe.

Jede Rolle wurde nunmehr auf zwei verschiedenfarbigen Losen notiert, wobei sinnigerweise die anwesenden Damen nur rosarote und die anwesenden Herren ausschließlich Blaue Lose ziehen durften.

Man wollte damit erreichen, dass möglichst jeweils ein weibliches und ein männliches Wesen den gleichen Standpunkt vertreten mussten. Da die Anzahl der Geschlechter ungleich verteilt war, ergaben sich dabei leichte Inkonsequenzen, die man aber in Kauf nehmen wollte.

Hyazinth betonte nochmals, dass die Bewältigung des Themas in Form von Rollenspielen die offene Diskussion fördern solle, da jede pointierte Aussage ja aus der Rolle begründet werden müsse und nicht als persönliche Offenbarung bewertet werden könne.

Der Sektkübel mit den Losen wurde herumgereicht. Jeder zog sein Los.

Eine erste Welle der Unruhe kam über die Runde, als man seine Rolle erfuhr, eine zweite Welle verwandelte das ruhige Haus in ein Klassenzimmer voller Sextaner, als jeder seinen Mitspieler ausmachte.

Die schöngeistige Beate Herrenberg hatte zusammen mit dem ehrgeizigen Paul Mielke die Rolle 1 zuspielen, die Bardame Petty musste wie auch Hyazinth die Liebe in der konventionellen Form verteidigen, Sonja und der Draufgänger Joachim Faust fielen die Aufgabe zu, sich für die freie Liebe einzusetzen, während Elke Simmer und der nun etwas verärgert dreinblickende Herr Lachmann sich zu Gunsten der Homosexualität auszusprechen hatten; Frau Hygens und Irma Lachmann sahen erwartungsvoll ihren Auftritten als Verfechterinnen des Gedankens entgegen, dass die Liebe eine einzige Illusion sei, wohingegen die lebenslustige Studentin Britta und Kaplan Albin Kaiser sich etwas über die Hassliebe einfallen lassen mussten.

Bereits in dieser Vorphase des eigentlichen Gesprächs wurde die Anonymität der Aussagen dadurch unterlaufen, dass einige der Runde ihre Erleichterung darüber kund taten, nicht diese oder jene Rolle spielen zu müssen, andere zeigten deutlich, dass sie mit ihrem Los nicht glücklich waren und eine dritte Gruppe wiederum gab freudig zu verstehen, dass sie eine solche Rolle noch nie im Leben einnehmen konnte und sich nach dem ihnen zu gelosten Rollenspiel sehne.

Man kam überein, mit der platonischen Liebe zu beginnen, ansonsten die Unterhaltung aber in Selbststeuerung laufen zu lassen. Der Hausherr verschaffte allen Anwesenden eine Besinnungspause, indem er eine CD aus Tristan und Isolde auflegte. So sinnierte ein jeder zehn Minuten vor sich hin. Dann meldete sich ungeduldig Paule zu Wort. Er wollte unbedingt loswerden, was er über platonische Liebe wusste.

„Platonische Liebe ist geistige, nicht sinnliche Liebe, sie ist rein seelisch, ohne zu begehren wirksam", begann Paule seine Ausführungen. „In der Philosophie Platons", mischt sich jetzt Beate Herrenberg ein, „wird deutlich zwischen dem sich immer Werdenden, das wir mit den Sinnen erfassen, und dem immer Gleichbleibenden, dass wir mit dem Gedanken erfassen, unterschieden. Zwischen beiden Welten liegt nach Platon eine unüberbrückbare Kluft. Die Idee des Menschen stehen zu seinen Sinneserfahrungen in einem bestimmten Verhältnis, aber diese Erfahrungen sind vergänglich, die Idee von der Liebe, also die platonische Liebe, aber nicht!"

„Das ist für mich nicht zwingend!", bemerkte Joachim Faust, „Die sinnliche Liebe mag ja ruhig vergänglich sein, sie ist aber schön, warum sollte man auf sie verzichten, nur weil sie vergänglich ist? Ich finde sie wegen ihrer Vergänglichkeit schön. Man hat dadurch die Chance zu einem neuen Spiel! Erfolg im Leben haben bedeutet doch, sich mit andern zu messen und zu gewinnen! Erfolg in der Liebe haben muss dann sinngemäß dazu führen, dass man sich auch auf diesem Gebiet mit anderen mist und erfolgreicher als diese abschneidet, also häufiger, intensiver liebt, seine Liebe einem größeren Personenkreis schenkt als dies die Umgebung tut."

„Zur Liebe gehören immer mindestens zwei!", lies sich Albin Kaiser vernehmen, „Wer so wie sie argumentiert, Herr Faust, vergisst ganz den anderen Teil. Wer sich aber vergessen oder ausgenutzt vorkommt, kann bestenfalls Hassliebe empfinden, er mag sich im Augenblick der sinnlichen Ekstase hingeben, fühlt sich aber in jeder ruhigen Minute von einem solchen Partner abgestoßen!"

„Um es gar nicht so weit kommen zu lassen, muss man sich auf die platonische Liebe beschränken, man muss die sinnliche Liebe überwinden, das ist leicht, weil sie augenblicks- verhaftet, weil sie vergänglich ist. Nur im gegenseitigen Verständnis höherer Werte kommt man sich näher, ohne dass Enttäuschung schon von vorneherein einprogrammiert ist", meinte Frau Herrenberg bemerken zu müssen.

„Nun sitzt man also da und hat ein schönes Thema, über das man gerne allein oder gemeinsam nachdenken kann, und das soll fürs Leben reichen? Ich meine das soll zwei Menschen Mann und Frau zusammenhalten? Die sollen sich dann gegenseitig mehr bedeuten als anderen, die auch gute Ideen haben? Ich kann das nicht glauben!", schaltete sich die Barfrau Petty ein. „Liebe muss eine Mischung aus seelischem Einverständnis und körperlicher Gemeinsamkeit sein und es muss Regeln darüber geben, damit nicht jeder jedem seinen Partner wegschnappen kann, auch müssen Regeln da sein, damit im Falle eines Streites nicht jeder der beiden gleich weglaufen kann. Die Kündigung einer Liebe muss kompliziert sein. Bei dem Wort Liebe muss immer die Dauerhaftigkeit mit bedacht werden, das wünsche ich mir!", rutschte ihr noch heraus.

„Liebe ist ein unwichtiges Thema, ein nebensächliches", meinte da Herr Lachmann.

„Deshalb kommt es auf Feinheiten gar nicht an. Man liebt halt, wenn man dazu Laune hat und wenn nicht, dann eben nicht! Einen guten Freund kann man länger lieben als eine Frau. Als Mann kann man seine Reaktionen nämlich besser abschätzen, als die einer Frau. Frauen reagieren für mich oft so, wie man es wirklich nicht erwarten kann." „Bis jetzt haben sie eigentlich nur über Freundschaft und nicht zu sehr über Liebe gesprochen", warf Frau Hygen ein. „Ja, dann will ich mich noch deutlicher ausdrücken: Warum soll man sich nicht unter Männern Schöne Gefühle bereiten, wenn man sich gut versteht. Das ist doch Liebe. Man gewährt einer oder auch mehreren Personen einen stärkeren Einblick in sein Gefühlsleben,
indem man sie daran teilnehmen lässt, echt teilnehmen lässt, nicht nur gesprächsweise." „Da hier nur noch von Männerliebe geredet wird, muss ich mich jetzt auch einmal zu Wort melden", vernahm man Elke Simmer. „Die Frau wird bis heute unterdrückt und ein wichtiges Element dieser Unterdrückung ist das bürgerliche Verständnis der Liebe zwischen Mann und Frau. Frauen müssen begreifen, dass sie auch ohne Männer auskommen, insbesondere auch in der Liebe. Gleichermaßen unterdrückte können für einander doch viel innigere Gefühle und Gedanken entwickeln, wie das zwischen Mann und Frau der Fall ist. Nur in Zärtlichkeiten unter Frauen gedeiht die Selbstverwirklichung in der Liebe."

„Wie sollen da noch neue Menschen nachwachsen können?", ließ sich nun erstmalig Hyazinth vernehmen. „Liebe ist nicht nur etwas, das man als Mensch bisweilen braucht und will, es ist auch etwas, das man tun soll, zu dem die Natur treibt, um die Art zu erhalten!"

Elke Simmer unterbrach ihn. „ Für die Fortpflanzung benötigt man Männer, das bedeutet nun aber nicht, dass man sich ihnen mit Haut und Haaren ausliefern muss! So wie es einen Generationenvertrag zur Alterssicherung gibt, wird es eines Tages einen Geschlechtervertrag geben, der die Nachwuchsfrage regelt und der den Geschlechtern weitgehend Freiraum im Umgang untereinander einräumt."

„Klein kariert", warf hier Joachim Faust ein. „Warum sich aus irgendeinem Komplex auf bestimmte Gruppen bei der Verteilung seiner Zuneigung beschränken? Wenn eine Frau halt einen starken Arm überhaupt nicht vertragen kann, soll sie meinetwegen Ersatz suchen, wo immer sie will, aber mir nicht vorschreiben wollen, was schön ist in der Liebe und was nicht! Hier wird eine neue Art Anständigkeit gepredigt: Rühre keine Frau an, denn sie könnte das als Unterdrückung auslegen. Das ist genauso spießbürgerlich, wir die überkommenen Moralvorstellungen!"

Hyazinth fühlte sich in seinem Rollenverständnis herausgefordert. „ Die überkommenen Vorstellungen kommen nicht von ungefähr", begann er. „In ihnen sind jahrtausende alte Erfahrungen der Menschheit wiedergegeben. Der Mensch ist einmal ein vernunftbegabtes Wesen, zum anderen triebhaft veranlagt. Diese beiden Eigenschaften stehen oft in Widerstreit zueinander. Der Trieb will seinen freien Lauf, der Verstand sagt dazu bisweilen nein. Dieses Nein kann vielerlei Ursachen haben. Es kann einem Menschen vergnüglich vorkommen, sich der Liebe hinzugeben und damit diesen Trieben freien Lauf zu lassen, aber er verstößt dann möglicherweise gegen Regeln, welche die Gesellschaft erlassen hat, vielleicht sie sogar bei Strafe erließ. Er kann auch Bedenken bekommen, weil ihm der körperliche Liebesgenuss seelisch oder körperlich schaden könnte. Dann hält ihn das davon ab, seinen Liebesgefühlen freien Lauf zu lassen. Die konventionelle Form der Liebe ist reglementiert, zugegeben, dadurch aber wird sie erst überschaubar und für die Praxis brauchbar."

„Ich kann die Bedenken gegen liebende Hingabe wegen seelischer oder körperlicher Schädigungen nicht nachvollziehen, weil ich mir darunter konkret nichts vorstellen kann", meinte Sonja. „Wenn man sich der Liebe hingibt, tut man für den Körper und seine Seele etwas Gutes, wo soll denn da nun ein Schaden aufkommen?" „Konkret hält die Angst vor gewissen ansteckenden Krankheiten, die beim Liebesakt übertragen werden können, doch manchen Menschen davon ab, einen körperlichen Kontakt aufzunehmen, konkret hält die Angst, einen lieben Menschen zu verlieren, doch davon ab, einen Flirt oder mehr mit einem zweiten geliebten Wesen zu beginnen. Das verstehe ich unter Ängsten vor möglichen seelischen oder körperlichen Schäden!", erwiderte Hyazinth.

Sonja gab sich noch nicht geschlagen. „Hat mich nicht überzeugt!", meinte sie, „Genuss ohne Reue lässt sich in der Liebe allemal einrichten! Wer sehr ängstlich ist, kann immer noch

soweit genießen, dass es ihm gerade nicht schadet – ich glaube Epikur ha das als erster ausgesprochen – bei dieser Einstellung kommt viel mehr Genuss und Selbstverwirklichung heraus, als beim Stricken überkommener Liebesmuster."

„Und was ist mit dem Einwand des Bewusstseins, dass Übertretungen in der Liebe auch von der Gesellschaft geahndet werden können?", wollte sich Hyazinth wieder in die Diskussion einschalten. „Ein vernunftbegabtes Wesen wird Gesetze, die seiner Veranlagung entgegenstehen, immer umgehen können. Deshalb bin ich gegen diese Gesetze, deshalb plädiere ich für die freie Liebe", schloss Sonja triumphierend.

„Wenn ich mit Herrn Herrenberg verheiratet wäre,", gab nun die Bardame Petty zum Entsetzen von Beate Herrenberg zum Besten, „und Sie würden ein Auge auf ihn geworfen haben, dann würden Sie ohne Rücksicht auf bestehende Tabus sich an ihn

heranschmeißen, würden es darauf anlegen, mit ihm zu schlafen, aber so, dass es die Gesellschaft nicht bemerkte? Das verstehen Sie unter Umgehung geschriebener und ungeschriebener Gesetze, die ihnen nicht passen! Ich finde das kriminell wie Dienstahl oder Totschlag. Das produziert eine Unordnung auf dieser Welt, eine Unruhe, in der dann keine Liebe mehr gedeihen kann. Ich sehne mich nach geordneten Verhältnissen, auch in der Liebe, damit ich richtig lieben kann!"
Diese Sätze waren so engagiert vorgetragen, dass viele Beteiligte der Kaminrunde sie eher als ein persönliches Bekenntnis von Petty, denn als Rollenspiel auffassen mochten. Ihr Verhalten brachte dann auch die akademische Diskussion etwas außer Tritt, weil nunmehr auch Frau Hygens ihren persönlich Standpunkt in Sachen Liebe soweit es ging in ihr Rollenspiel einfließen ließ.

„Liebe ist deshalb Illusion, weil sie in der von Allen insgeheim angestrebten Totalität nicht praktikabel wird. Man eckt als Liebender überall an, bei der Gesellschaft, bei anderen, bei sich selbst." Sie wurde von ihrer Mitstreiterin Irma Lachmann unterbrochen. „Manche Frauen heiraten einen Mann nur, damit ihn keine andere bekommt. Das sagt alles über die Liebe, sie ist eine Illusion!"

„Heiraten würde ich nur, wenn ich dringend Probleme brauchte die ich alleine nicht lösen könnte. Lieben würde ich schon alleine deswegen einen bestimmten Mann, damit ihn für den Zeitraum keine andere bekommt!", ließ sich da Britta ein. „Am liebsten angele ich mir Männer, die so tun, als ob sie über der Liebe stünden, um ihnen dann unter vier Augen zu beweisen, dass sie ganz schön liebestoll sein können, wenn ich es nur will. Mir macht es auch Spaß, ehemalige Liebhaber zu verführen, die sich von mir schon endgültig losgesagt hatten, um ihnen zu beweisen, wie wenig Wert ihre Vorsätze sind. Ich liebe am liebsten, um den Partner damit zur erniedrigen! Liebe ist für mich ein Triumph im Nahkampf."

„Setzen Sie dabei nicht voraus, dass ihre Partner auch so denken und ist gerade das nicht furchtbar, zu wissen, dass sich der andere nur über einen her macht, um ihn zu demütigen? Zum Glück gibt es ja die platonische Liebe wirklich, was beweist, dass Ihre Haltung auf einen Teil der Menschheit begrenzt bleiben kann", engagierte sich da Beate Herrenberg.

Albin Kaiser verblüffte die Runde mit folgender Bemerkung: „Wenn ein Ehepaar, das sich zunächst recht gut verstanden haben mag, sich im Laufe von Jahren aus welchen Gründen auch immer auseinander gelebt hat, bei allem Liebe aber immer noch praktiziert, dann beschreibt der Begriff Hassliebe ihren Zustand treffend. Wenn auch Hassliebe nicht die einzige mögliche Form der Liebe ist, so gebe ich doch zu bedenken, dass sie sicher eine weit verbreitete Form, vielleicht die am weitesten verbreite Form der Liebe ist."

Als daraufhin der Zwischenruf kam „Also liebet eure Feinde!", war die Diskussion erst einmal unterbrochen und Hyazinth schlug vor, das Rollenspiel abzubrechen, damit sich die Beteiligten nicht zu sehr mit ihrer Rolle identifizieren müssten, wie er scherzhaft bemerkte.

Erleichtert sprachen alle dem Alkohol kräftig zu. Die Mehrzahl der Teilnehmer hatte sich dabei ertappt, sich zunächst in ihrer anonymen Rolle zu gefallen, dann aber hatten sie Lust verspürt, Teile ihrer "Bekenntnisse" auch in das Privatleben hinüber zu retten.

Die Bar-Frau Petty war geradezu ins Schwärmen gekommen, als sie die überkommene Form der Ehe verteidigen musste. Die Sehnsucht nach geordneten Verhältnissen und das Erlebnis, mit einem angesehenen Mann wie Hyazinth zusammen ein Team bilden zu dürfen, hatten dabei wohl Pate gestanden.

Hyazinth seinerseits kam sich in der Rolle des heutigen Abends als abgeklärter Lebemann vor, der nach guter Erziehung die Freuden der Liebe gekostet hatte - auch die verbotenen Freuden - und der nunmehr aus der Übersicht heraus überzeugend für die Form der klassischen Ehe zu argumentieren wusste.

In seiner Selbsteinschätzung bestätigte ihn Sonja. Als sie ihn an diesem Abend einmal unter vier Augen sprechen konnte, zischte sie ihm zu: „Erst war ich über meine Rolle verzweifelt, aber als ich deine Begründungen hörte, habe ich aus Verzweiflung alle Stichworte ausgenutzt, die zur freien Liebe passten. Bevor ich dich kennen lernte, habe ich freie Liebe praktiziert. An dich fühlte ich mich in einem eheähnlichen Verhältnis gekettet. Seit heute weiß ich, dass unser beider Zusammensein für dich freie Liebe war, die vielleicht noch einige Zeit in dir blühen, letztlich aber gegen eine klassische Ehe nicht bestehen kann."

An dieser Stelle wurden beide durch Beate Herrenberg unterbrochen. Sie war auf die Gesprächsgruppe zu getreten und wollte offensichtlich über den Inhalt der Unterhaltung informiert werden, denn sie sah Hyazinth fragend an. In seiner gekonnten Art erläuterte er ihr, dass Sonja glaube, eine freie Liebe werde nie im Ernstfall gegen eine Institution wie die Ehe ankommen und er fügte hinzu: Ich habe bloß noch nicht herausfinden können, ob diese Bemerkung als persönliches Bekenntnis oder in Fortführung des Rollenspiels zu verstehen ist."

„Wer alles systematisiert, wirkt Frauen gegenüber manchmal verletzend", sagte Beate Herrenberg daraufhin. „Fräulein Sonja hat sehr vernünftige Ansichten, erstaunlich vernünftige für ein so schönes, junges Geschöpf." Mit diesen Worten zog sie Sonja mit sich fort und Hyazinth wusste nicht, worüber er sich mehr wundern sollte, über die Erleichterung in Beates Tonfall bei ihren letzten Sätzen, über die Analyse Sonjas seiner Person oder über die Tatsache, dass seine Frau Beate, seine Geliebte, offensichtlich sympathisch fand.

Es wurde in jener Nacht noch heiß diskutiert, bisweilen auch noch über die Liebe, aber der große Kreis war aufgelöst; es waren Einzelgespräche, ja Selbstgespräche, in denen Punkte vorgetragen wurden, die man zum rechten Zeitpunkt nicht hatte aussprechen wollen oder können.

Als letzter Gast verließ Paul Mielke die Herrenbergs. „Ich hatte bis zum heutigen Abend nur einen akademischen Bezug zur platonischen Liebe", sagte er, „Aber jetzt bin ich von ihrer Wichtigkeit und Bedeutung überzeugt."

Als er gegangen war, bemerkte Hyazinth bissig zu seiner Frau: „Paule hat sich in seiner Rolle aus zwei Gründen so wohl gefühlt: Einmal, weil er mit dir in einer Mannschaft war und zum anderen, weil er sein Allgemeinwissen dabei am stärksten demonstrieren konnte."

„ Gut, dass er diese Bemerkung nicht mitbekommen hat", meinte Beate, „Wie ich ihn einschätze, verdaut er deine geistreichen Bemerkungen noch schwerer als deine wirklich sehr nette Studentin Sonja. Sie gefällt mir gut, ihre Freundin Britta hingegen nicht. Die ist aufdringlich und fast vulgär."

Am anderen Morgen riefen fast alle Gäste bei Beate Herrenberg an, um sich nochmals für den Abend zu bedanken, auch Sonja. Bei dieser Gelegenheit lud Beate Hardenberg sie zu einer Plauderstunde auf eine Tasse Kaffee ein. Auch die Töchter Hyazinths waren anwesend und fanden Sonja sympathisch. So kam es, dass Sonja auch mit der Familie Herrenberg Freundschaft schloss, ohne dass diese von der Liebschaft mit Hyazinth das Geringste wusste.

Sonja und Hyazinth waren von dieser Entwicklung zeitweilig beunruhigt, zeitweilig freudig angetan.

Erste unliebsame Konsequenzen hatte das Kamingesprächs über die Liebe im Hause Herrenberg, als Joachim Faust sich in Eroberermanier an Sonja heran machte. Eines Tages rief er sie an und kam schnell zur Sache. „Frau Sonja, sie haben seinerzeit mit mir zusammen so überzeugend für die freie Liebe gekämpft, dass ich unbedingt darauf nochmals zurückkommen muss!"

Sonja reagierte gereizt. „Sie verwechseln Rollenspiel und Realität!" „Mein Gefühl sagt mir, dass in ihrem Falle die Rolle so überzeugend nur dargestellt werden konnte, weil mehr als ein Spiel dahinter steckte." „Sie halten sich für einen Frauenkenner?" „Man sagt mir das nach."

„ Mancher hält sich für einen Frauenkenner, weil er jeder Frau gegenüber immer wieder denselben Fehler macht!", entgegnete Sonja spitz und beendete das Telefonat grußlos.

Joachim Faust war fasziniert. Erobern war sein Hobby. Besonders die schwer errungenen Siege hatten ihn immer sehr befriedigt. Er stellte sich deshalb auf einen längeren Belagerungszustand ein. Sonja war für ihn zu einer Herausforderung geworden.

Mit Freuden nahm Faust war, dass Sonja neuerdings im Hause Herrenberg öfter anzutreffen war. Er wusste es einzurichten, dort mit ihr wieder zusammenzutreffen. Seine Anzüglichkeiten wurden von den übrigen Anwesenden richtig gedeutet. Er war hinter Sonja her. Ein Teil des Freundeskreises genoss diese Entwicklung. Endlich konnte man den Schürzenjäger einmal aus der Nähe operieren sehen. Ein anderer Teil reagierte empört und brüskiert. Für diesen Kreis war es das Äußerste an Duldsamkeit, mit einem Junggesellen zu sprechen, der im Rufe stand, ein Frauenheld zu sein. Dieser Meinung teilten Frau Hygen, Beate Herrenberg und Irma Lachmann. Hyazinth stand zwischen den Fronten. Da ihm das Verhalten seines Freundes Faust aus einem ganz anderen Grunde nicht passte, schlug er sich nolens volens auf die Seite seiner Frau. Es entspannten sich heftige Wortgefechte zwischen den einzelnen Parteien, so auch an einem denkwürdigen Freitag, als man sich bei herrlichem Wetter zu vorgerückter Nachmittagsstunde auf dem Gartengelände des Herrenbergschen Hauses eingefunden hatte. Joachim Faust war es gelungen, für Kaplan Albin Kaiser ein funkelnagelneues Motorrad schwersten Kalibers zu organisieren. Auch die nötige Kluft lag bereit. Kaplan Kaiser ahnte noch nichts von diesem Geschenk, das er seinerzeit in Weinlaune praktisch schon angenommen hatte.

Sein Erstaunen war ungekünstelt, als er die Bescherung sah. „Das ist ein teurer sportlicher Anstrich für einen Unsportlichen", war alles, was er heraus bekam. Man ließ ihn einige Ehrenrunden drehen, bis jemand darauf bestand, Kaiser möge doch auch einen Sozius befördern. Es ergab sich, dass man daraufhin Sonja nötigte, sich für eine Mitfahrt zur Verfügung zu stellen. Als sie das Motorrad bestieg, nahm das Verhängnis seinen Lauf. „Ist das nicht ein bisschen zu gefährlich, einem Fahrschüler ein so junges Mädchen mitzugeben, zumal, wenn es sich um einen Kaplan handelt", rief Joachim Faust übermütig. Sofort reagierten die Parteien. Während Kaiser mit Sonja lachend davonfuhr, rief Frau Hygen „Wenn sie neben ihnen stehen geblieben wäre, hätte sie sich einem größeren Risiko ausgesetzt."

„Sie müssen Flirts mehr malerische Aspekte abgewinnen, Frau Hygen", schaltete sich Britta ein und die Töchter Hyazinths sekundiert ihr. „Dies ist ein freies Land, außer für Schüchterne!", versuchte sich Faust in Szene zu setzen. Da fand es Hyazinth an der Zeit, schlichtend einzugreifen. „Diese Harmonie der Teufel muss ich stören", versuchte er mit feiner Ironie die Wogen zu glätten", jeder von euch hat die Friedenstaube im Visier und würde gar im Stande sein, abzudrücken. Kommt auf die Terrasse und nehmt einen kühlen Schluck!"

So löblich Hyazinths Intervention war, so gründlich ging sein Versuch daneben, die streitenden Parteien zu beruhigen. Durch seine Worte hatte er die Aggressionen aller auf sich gezogen. Die einen fühlten sich geschulmeistert, andere fürchteten, sich durch sein Verhalten um den Höhepunkt der Eskalation gebracht und dritte wiederum wollten nur noch in der angelaufenen Debatte all die giftigen Pfeile abschießen, die sind Löcher hatten.

„Streben nach Fehlerlosigkeit ist auch ein gewisser Mangel", hörte Hyazinth seine Frau sagen.

Das ließ ihn seine Mittlerrolle vergessen, zumal er noch von Joachim Faust daraufhin zu hören bekam: „Wir sind aus derselben Degeneration! Wir scheuen beide das Gemeine, das Mittelmäßige, da kommt es auf den kleinen Unterschied in den Konsequenzen, die wir daraus ziehen nicht mehr an!"

Hyazinth war außer sich als er betont ruhig entgegnete: „Ältliche Junggesellen sind gefährlich; ihnen ist die Zukunft ganz gleichgültig!"

Dabei sprach er bewusst in dozierendem Ton, der keinen Widerspruch duldet und verfehlte damit auch seine Wirkung nicht. In diesem Augenblick kehrten Sonja und Albin Kaiser von ihrer Spritztour auf dem Motorrad lachend zurück. Sie fanden eine Szene vor, die sie nicht verstanden. Der Tonfall aller Disputanten wirkte gereizt. Wenn auch der Wortkrieg bisher nur zwischen zwei Personengruppen tobte, so war doch allen anwesenden Personen klar, dass es kurz oder lang zum blanken Schwertkampf zwischen Faust und Hyazinth kommen würde. Es war der Kampf zweier Männer um eine Frau, die auch noch Zeugin dieses Geschehens würde.

Dass Joachim Faust um Sonja kämpfte, bzw. darum kämpfte, um ihr zu gefallen, war allen irgendwie klar, dass auch Hyazinth um sie stritt, ahnte in diesem Moment nur sein Kontrahent. Um sich Gewissheit zu verschaffen, forderte Faust seinen Kontrahenten weiter heraus. Dabei war er darauf bedacht, nicht nur Sonja zu gefallen, sondern auch möglichst viele der Anwesenden für seinen Standpunkt zu gewinnen.

Da Hyazinth auf der anderen Seite aus einer Veranlagung heraus viele Äußerungen publikumsgerecht zu formulieren pflegte, begann damit die Manipulation der Umstehenden durch die beiden Kontrahenten, ein Schachspiel auf einem mit Menschen besetzt Brett. Dabei blieb unklar, wer die weißen und wer die schwarzen Steine setzte, offen blieb auch, wer den ersten Zug hatte; sicher war nur, dass beide Seiten bei ihrem Gegner mit logischer und emotionaler Ansprache unausgereifte Handlungen hervorzurufen wünschten.

Da sich Hyazinth in seinem Anspruch auf Sonja noch nicht durchschaut glaubte, wagte er einen massiven Frontalangriff. „Wenn ein allein stehender Räuber wie Herr Faust", so wandte er sich an die übrigen Zuhörer „ein über- oder ein unterbelichtetes Leben führt, ohne dabei anderen zu sehr zu schaden, so sieht die heutige Gesellschaft darüber gerne hinweg, man ist ja liberal. Umso mehr Verständnis hat sie aber, wenn das auserkorene Opfer sich erfolgreich wehrt."

„Der Herr Professor denke an seine geistige Diät", erwiderte Faust, „Alles was ihm schmeckt, ist eigentlich für ihn Gift."

„Von den 36 Fluchtarten ist das Davonlaufen die Beste", ließ sich der Kaplan Albin

Kaiser vernehmen, „Wenn hier ein Konflikt bestehen sollte, so gibt es unter Gentleman mehrere sinnvolle Verhaltensweisen. Ich will sie nicht alle aufzählen, sondern nur das Spektrum andeutet, zum Beispiel könnte der Klügere nachgeben!"

Sein Beschwichtigungsversuch wurde nicht ernst genommen. Man schrieb es seinem Amte zu, solche Bemerkungen machen zu müssen, um die Form zu wahren. Unterstellt wurde ihm hingegen sogar ein heimliches Interesse an dem Konflikt. „Seien sie zurückhaltend, Herr

Kaiser", meinte denn auch Beate Herrenberg „Ihre Hilfe wird erst später beansprucht, wenn die seelischen Wunden vernarben sollen, die man sich hier schlagen will." Seine Bemerkung „Vorbeugen ist besser als Heilen!", ging bereits im wieder beginnenden Disput unter, denn Fausts Gangart wurde härter. „Wer wie du den Ruf des Frühaufstehers hat, kann getrost den ganzen Morgen im Bett liegen bleiben. Ja er kann sogar von seinem Bette aus andere schelten, sie schliefen zu lange, man wird ihm eine Weile lang gar glauben."

„Ein guter oder ein schlechter Ruf kommen nicht von ungefähr", schaltete sich Hyazinth ein. „Durch die Verneinung von Sprichwörtern ist da nichts zu relativieren!"

„Du tust so erhaben und glaubst alles zu überblicken! Bisweilen halte ich eine Schulpflicht für Hochschullehrer für erforderlich! Nimm zur Erweiterung deiner Diskussionsgrundlage doch einmal an, dass ein Mensch wie ich auch einmal die Freiheit satt wird und er sich einen schönen Dreizimmerkäfig mit Bad und Balkon wünscht."

Hyazinths Antwort kann zynisch und kalt zurück: „Damit ist deine Zukunft ja gesichert, jetzt kann mit der Bewältigung deiner Gegenwart begonnen werden!"

„Wobei du mir helfen willst?"

„Der Gong beendet die erste Runde" ließ sich da Elke Simmer vernehmen und im Stile eines Reporters am Boxring fuhr sie fort: „Beide Kämpfer benutzten die erste Runde nur zum Aufwärmen, es wurde mit wenig Risiko gefightet. Einmal nur musste der Ringrichter wegen zu tiefen Abduckens eingreifen, eigenartigerweise scheinen beide Kontrahenten ohne Sekundanten zu kämpfen, zumindest sind sie bisher nicht hervorgetreten. Es geht, meine Damen und Herren, um den in gewissen Kreisen begehrten Preis "Der Frau an sich". Um den Wettkämpfern und den Zuschauern dieses abstrakte Thema zu veranschaulichen, hat sich eine junge Dame bereit gefunden, den Preis zu personifizieren."

„Bevor auch Namen gehandelt werden, breche ich den Kampf ab!", rief nun Beate Herrenberg energisch. „Ich finde das alles streckenweise ganz amüsant, aber gewisse Grenzen muss jeder Spaß haben. Ich finde es gegenüber einer Frau, insbesondere einer jungen Frau nicht fair, sie so offen zum Objekt einer akademischen Auseinandersetzung zu degradieren. Es fiel eben das Wort "Gentleman". Falls solche Personen anwesend sind, rate ich zu einem Gentlemen-Agreement".

Das war ein mächtiges Schlusswort, dem sich niemand laut widersetzte, aber die Angelegenheit war damit keineswegs beigelegt.

Durch die Bemerkungen von Beate Herrenberg wurde Sonja erst klar, dass sie das Objekt der Auseinandersetzung sein musste, dass nach Elke Simmers Reportage sie "Die Frau an sich" personifizierte. Sie war erschrocken und verärgert zugleich. Dass man sie begehrte, war sie gewohnt, dass man sich aber auf dieser Art um sie stritt, verunsicherte sie erheblich. Sie fühlte sich von beiden Kontrahenten auf unterschiedliche Art beleidigt. Bei Hyazinth hielt sie es für einen Verrat der Gefühle und bei Faust hatte sie den Eindruck, missbraucht zu werden. Sie vertraute sich ihrer

Freundin Britta an. Diese ganz anders besaitete junge Frau, riet ihr zu einer vordergründigen Probe. „Gold wird durch Säure geprüft, die Frau durch Gold, der Man durch die Frau", ließ sich Britta vernehmen. „Wenn du nichts dagegen hast, stelle ich deinen Hyazinth einmal auf die Probe. Wenn er mir gegenüber standhaft ist, hast Du die Gewissheit, die dich beruhigt und mir macht es nichts aus, nicht zum Zuge gekommen zu sein. Du weißt, dass ich spezielle Männer weniger mag als den Mann im Allgemeinen. Kriege ich ihn herum, so wird das für dich eine traurige Gewissheit sein, die du dann aber sicher hast, und ich habe eine nette Erinnerung mehr. Nicht mehr und nicht weniger." In ihrer Verwirrung stimmte Sonja zu.

Britta machte sich mit den Waffen einer Frau an Hyazinth heran, und sie war erfahren in deren Einsatz. Da Sonja ihn mied und sie darum wusste, gelang es Britta, sich geschickt in

Szene zu setzen. Teils spielte sie die Rolle der Botin, teils bot sich als Vermittlerin an und gelangte in wenigen Tagen zu einem Umgangston mit Hyazinth, der sehr vertraut war. Ihn störte diese Entwicklung einerseits, da er Britta innerlich irgendwie ablehnte, sah aber über sie die einzige Brücke zu Sonja, nach der er sich sehnte.

Die Entwicklung brachte es mit sich, dass er sich mit Britta in seiner Arbeitsetage traf. Aus Höflichkeit bot er ihr einen Sherry an und sprach als Gastgeber auch selbst diesem Getränk zu. Er hatte zwei Tage intensive Arbeit hinter sich und fasste das Erscheinen Brittas als willkommene Zwangspause auf. Britta nahm ihre Chance war. Sie begann, von seiner Männlichkeit zu schwärmen und setzte ihren Körper zur Verstärkung ihrer Bemühungen ein. Als er reserviert blieb, schob sie zu seiner Verwunderung und Empörung ihren Rock langsam hoch und fing damit an, sich selbst zu erregen. Er wusste nicht, wie er sich verhalten sollte. Als er seine Sprache wieder gefunden zu haben glaubte, war es zu spät. Er konnte die Situation nicht mehr meistern. Britta onanierte vor seinen Augen und stöhnte: „Wenn du es nicht tust, muss ich es selbst tun. Ich bin verrückt nach dir. Komm! Sei lieb zu mir! Liebe mich!", und sie bot sich ihm in einer Weise dar, der kein Mann widerstehen kann.

Als sich Britta und Hyazinth gegenseitig in Wollust ergaben, erlebten sie mit sich eigenartige Veränderungen. Der körperliche Kontakt mit der liebes erfahrenen jungen Frau ließ ihn seine leichte Abneigung ihr gegenüber ganz vergessen. „Wer sich derart bei der Liebe erschöpft, ", dachte er, „der muss es auch irgendwie ernst meinen", bevor ihn ein neuer Wonneschauer überkam. Britta hatte während und nach der innigen Vereinigung zum ersten Mal den Wunsch, diesen Mann wieder und wieder körperlich zu lieben. Bei allen bisherigen Eroberungen war ihr im Moment des Höhepunktes die Lust auf Weiteres vergangen sie hatte sich im Bett mit diesem Geliebten bereits nach einem neuen gesehnt.

Zur Verwunderung beider sprachen sie nach dem Verkehr über ihrer beider Gefühle und deren andersartige Vorgeschichte. Britta nahm ihm das Versprechen ab, irgendwann wiederkommen zu dürfen, auch wenn sie zwischenzeitlich sich anderweitig amüsieren sollte, während er ihr klarmachen konnte, sie nie als Lebensgefährtin enger an sich binden zu wollen.

So begann eine Symbiose, die beide und auch ihre Umgebung nicht für möglich gehalten hätten.

Die Reaktion Sonjas auf Brittas Bericht war vorauszusehen. Obwohl sie doch ihre Zustimmung zu Brittas Spiel gegeben hatte, wollte sie nunmehr mit ihr nichts mehr zu tun haben. Besonders Brittas Bemerkung ihr gegenüber, Hyazinth sei zwar im Grunde genommen wie alle Männer, die sie bisher kennen gelernt habe, jedoch der durchaus interessanteste, was sie zu einem Glückwunsch ihrer Freundin Sonja gegenüber veranlasste, hatte zu der Spannung beigetragen.

Die Depressionen, in welche Sonja verfiel, blieben auch ihren Eltern nicht verborgen. Nachdem diese sich nach den Ursachen durchgefragt und erfahren hatten, dass der Zustand ihrer Tochter mit einer Trennung von ihrem Geliebten zusammenhing, waren sie einerseits erfreut, dass diese ihnen unliebsame Verbindung zerbrochen schien, andererseits aber über den dadurch heraufbeschworenen Zustand Sonjas besorgt.

„Es gibt noch andere Männer!", hatte ihre Mutter tröstend zu ihrer Tochter gesagt.

Diese Bemerkung war mitverantwortlich dafür, dass Joachim Faust bei Sonja zum Ziel kam. Er hatte seine Bemühungen um sie verstärkt und glaubte an den Erfolg seiner Methode, als sie ihm schließlich zu Willen war. Sonja hingegen ließ sich mit ihm aus einem Gefühl der Rache Hyazinth gegenüber ein und hatte dabei die sicher auch anders gemeinte Bemerkung ihrer Mutter noch im Ohr. Nicht, dass Sonja nicht robust genug gewesen wäre, ein Liebesabenteuer, welches sie eigentlich nicht wollte, seelisch zu verkraften, es waren die

einzelnen Umstände, unter denen das Beisammensein mit Joachim Faust zustande gekommen war, die sie zur Verzweiflung trieben. Faust hatte nach seiner Eroberung überhaupt keine weiteren Ambitionen ihr gegenüber mehr gezeigt. Wenn sie sich trafen, lachte er sie verlegen an und hielt sich im Übrigen auf Distanz. Hyazinth deutete das plötzlich veränderte Verhalten der beiden instinktiv richtig und machte einen schüchternen Annäherungsversuche, als er während einer Teestunde gegenüber Sonja bemerkte: „Wir haben uns wohl beide etwas ungeschickt verhalten, sollten wir uns nicht wieder besser vertragen, sollten wir uns nicht aussprechen?" Ihr Nein war viel zu nervös vorgetragen, als dass er es als definitive Absage auffassen konnte. Erschreckend war für ihn andererseits die unverkennbare Spur von Hass, die bei dieser Antwort aus ihrem Gesicht sprach.

Nur Elke Simmer war nicht maßlos überrascht, als man nach einigen Tagen von einem Selbstmordversuch Sonjas erfuhr. Sie hatte sich von einer Eisenbahnbrücke in die Elbe gestürzt. Der Betriebsführer eines Flussbaggers hatte sie aus dem eiskalten Strom geborgen. Der Mann war dabei fast selbst zu Tode gekommen. Mit einer Lungenentzündung lag er nun danieder. Sonjas Zustand war ebenfalls Besorgnis erregend. Ihre Gesundheit war nicht angegriffen; sie stand aber unter einem Schock.

Ihre Mutter war es, die sich telefonisch an Hyazinth gewandt hatte und ihm gegenüber einen ziemlich hilflosen Eindruck machte. Er erbot sich sofort, in das Hafenkranhaus zu kommen, wohin Sonja eingeliefert worden war. Als er mit einem bunten Blumenstrauß in Begleitung von Sonjas Mutter das Krankenzimmer betrat, traf ihn ein hoffnungsloser Blick. Er gab sich ungezwungen und fragte Sonja leise „Warum bist du mir denn so böse?"

Lange Zeit entgegnete sie nichts. Dann sagte sie „weil du mir vorher immer wie ein Engel erschienst, musste ich dich im Nachhinein für einen Teufel halten."

Mehr wurde bei diesem ersten Besuch an ihrem Krankenbett zwischen ihnen nicht gesprochen.

Hyazinth verließ mit Sonjas Mutter die Krankenstube. „Lässt sich über das einschneidende Ereignis, das zum Bruch zwischen ihnen und Sonja geführt hat, nicht sprechen?", fragte sie. „Kaum vor Dritten", entgegnete er knapp „Wir haben uns gegenseitig einige Enttäuschungen bereitet."

Sie statteten noch gemeinsam dem Lebensretter Sonjas einen Besuch ab. Der Gesundheitszustand des Baggerführers ließ zu wünschen übrig. Er war kaum ansprechbar.

Sonjas Mutter fand Gefallen an der besonnenen und ruhigen Art von Hyazinth. Seine Sicherheit und seine Umgangsformen taten ein Übriges. Sie ließ sich zu einer Tasse Kaffee einladen und wagte eine persönliche Konversation. Ihr Zutrauen wurde im Verlaufe dieses Nachmittags zu Hyazinth so groß, dass sie ihm einige private Dinge anvertraute. So erfuhr er, dass Sonja, ihre Tochter ein uneheliches Kind sei; die Folge einer Jugendsünde. Sonja und auch ihr jetziger Vater wüssten jedoch davon nichts. Sie habe es nie über sich bringen können, mit anderen darüber zu reden. Ihre eigene Mutter habe sie damals eingeweiht, aber die sei inzwischen verstorben. Hyazinth hatte sich schon immer gewisse Vorstellung vom Wohlstand Sonjas machen können. An diesem Nachmittag erfuhr er, wie reich sie wirklich war.

Das Vertrauen von Sonjas Mutter in ihm schien grenzenlos zu sein, denn sie nahm ihm nach diesen sehr persönlichen Offenbarungen nie das Versprechen ab, diese Informationen vertraulich zu behandeln.

Gegen Abend erhielt er unmittelbar nach seiner Rückkehr nachhause einen kurzen Anruf von Sonjas Vater. Dieser bezeichnete ihn als den Mörder seiner Tochter und versuchte, ihm gegenüber seine tiefe Verachtung auszudrücken, was vor Aufregung nicht recht gelangt. Hyazinth nahm seine Bemerkungen schweigend entgegen.

Sonjas Genesung machte nur langsam Fortschritte. Sie bekam viel Besuch, aber die ermunternden Gespräche schienen bei ihr nicht anzuschlagen. Besser wurde ihr befinden, als sie eine Heiratsanzeige Brittas aus Südamerika erhielt. Ihre ehemalige Freundin hatte sich einen reichen Argentinier deutscher Abstammung geangelt. Sie kündigte für die Zeit nach ihren Flitterwochen einen Besuch bei Sonja an.

Die Rekonvaleszenz Sonjas wurde gefeiert. Frau Herrenberg ließ es sich nicht nehmen, eine entsprechende Party zu arrangieren. Nach langem Zögern entschloss sie sich, die alte Mannschaft dazu einzuladen. Brittas Europaaufenthalt sollte dazu genutzt werden.

Die äußeren Bedingungen für eine Genesungsfeier, für eine Rückkehr ins gewollte Leben, waren gegeben: In Herrenbergs Garten blühten unzählige Rosen, das Ausmaß des Gartens half dem Betrachter, sich vom Detail zu lösen und mit seinem Blick auch seine Gedanken in die Ferne schweifen zu lassen. Der weiche Rasen reizte zum barfüssigen Gehen und ein über allem liegender Sonnenschein ließ die Welt freundlich erscheinen.

„Den August in ihrem Garten muss man sich gönnen!", begrüßte Britta freudig erregt Beate Herrenberg und stellte ihren Ehemann vor. „Die Angst muss man sich gönnen, mit so vielen lieben Mitmenschen zusammenzukommen!" persiflierte Joachim Faust die Begrüßungszeremonie.

Fast jeder Gast führte sich mit einer für ihn typischen Bemerkung ein, die eine Mischung aus Verlegenheit und gutem Willen zum Gelingen des Nachmittags ausdrückte.

Mit Rücksicht auf die Rekonvaleszentin wurde eine zu harte verbale Gangart vermieden. Dieses rücksichtsvolle Verhalten der Gäste führte dazu, dass man an diesem Nachmittag eher in kleinen Gruppen herumstand oder herumsaß und nicht in der großen Runde diskutierte, die sonst für die Herrenbergschen Partys üblich war, wollte doch sonst jeder jede Anspielung mitbekommen. Anders heute: Frau Hygen und Paul Mielke bestätigten sich gegenseitig die Bedeutung der Form für den Inhalt von Aussagen und Verhaltensweisen, Albin Kaiser fand in Elke Simmer eine interessierte Zuhörerin, als er über die Todessehnsucht von Punkern sprach, die sich selbst aus Hochmut über die Wohlstandsgesellschaft als "letzten Dreck" begreifen und Irma Lachmann trennte sich von einer Gesprächsgruppe, in der ihr Mann in ihr bereits bekannter Wortwahl über kollektive Wahnideen referierte. Sonja war in der persönlichen Obhut von Beate Herrenberg. Sie hielt sich bewusst in Ihrer Nähe und bestimmte dadurch die Themen, denen Sonja ausgesetzt war.

Britta suchte die Möglichkeit zu einem persönlichen Gespräch mit Hyazinth und fand sie auch.. In ihrer direkten Art ließ sie ihn unmissverständlich wissen, dass er in der Wunschliste ihrer Begierden obenan rangiere. „Mein Mann ist weltgewandt und clever, das imponiert mir schon", meinte sie „Er hat mir mit seinem finanziellen Hintergrund mehr zu bieten als viele, die ich vorher kannte, aber wäre er im Bett nicht so gewaltig, ich hätte ihn schon längst wieder fortgeschickt!" Als Hyazinth darauf nichts erwiderte, fuhr sie fort „Dir kann man so etwas anvertrauen, selbst guten Freundinnen nicht, wie Du ja inzwischen bemerkt haben wirst.". „Hast du irgendwann einmal vor, ruhiger und besonnener zu werden, vor allem in der Liebe?", fragte Hyazinth. „Ich liebe die Liebe, das wird wohl immer so bleiben. Außerdem ist in unserer Gesellschaft für mich die Versuchung zu groß. Wenn eine Frau einem Mann eindeutig zu verstehen gibt, dass sie seine Umarmung oder noch mehr wünscht, ist sie bereits am Ziel, wenn ein Mann vergleichbares von einer Frau möchte, muss er sich erheblich darum bemühen!" „Das mag für schöne Frauen wirklich zutreffen." „Vielen Dank, wenn das ein Kompliment gewesen sein sollte, aber ein noch schöneres wäre, wenn Du mich wieder einmal liebtest!" „Du bist unersättlich!" „Zugegeben - ich bin unersättlich." „Du gleichst einem Piratenschiff, dass immer die Flagge der Liebe gehisst hat." „Ja die Liebe ist meine

unsichtbare Flagge! Und sie wird wahrgenommen, obwohl sie unsichtbar ist. Mich drängt es zu Menschenansammlungen, um diese Flagge wehen zu lassen, ich besuche Fußballspiele, Rockfestivals und Kirchentage, um im Gewühl der Menge Partner zu finden, von denen ich es mir dann besorgen lasse." „Wie meinst du das?" „Ich meine in der Masse sind Männer irgendwie entwurzelt und es genügt ein Blick von mir oder eine Berührung, um mir ins Bett zu folgen, wobei ich das nicht zu wörtlich genommen haben möchte. Solche kurzen Liebschaften kann man zu meinem Vergnügen unter den abenteuerlichsten Nebenbedingungen abwickeln." „Weitere Einzelheiten interessieren mich nun wirklich nicht mehr." „Schade, manchmal muss ich mich über so etwas aussprechen und mit seinem Ehemann kann man das nicht, das wirst du verstehen." „Einiges an dir stößt mich ab, das kann ich dir nicht verhehlen, hinter deinem engelsgleichen Gesicht verbirgt sich so mancher Abgrund." „Ich weiß was du meinst, aber ich mag dich trotzdem, ja möglicherweise deswegen besonders gerne." „Du erniedrigst dich gerne und andere auch?" „Ich will das mal weniger kompliziert ausdrücken: Das Maiglöckchen hat für den Altphilologen eine andere Bedeutung als für den Landmann."

Britta äußerte anschließend noch den Wunsch, einmal Gast in Hyazinths Vorlesung sein zu dürfen. Er willigte ein und ein Termin wurde abgesprochen. Beata Hardenberg unterstützte Brittas Wunsch. Sie selbst hätte zu gerne ihren Mann auch einmal vor seinen Studenten erlebt. Sie hatte sich das Vergnügen aber versagt, weil sie andererseits glaubte, durch einen Besuch in seiner Lehrveranstaltung sich etwas zu vergeben. Sie litt darunter, dass seine Karriere etwas steiler verlaufen war als ihre und dass dies wohl kein bloßer Zufall war.

Von Brittas Besuch in Hyazinths Vorlesung versprach sie sich die Informationen, welche sie sich persönlich zu verschaffen selbst versagte.

Die erste längere Unterhaltung zwischen Sonja und Hyazinth war durch Unsicherheiten auf beiden Seiten geprägt. Da ein derartiges Verhalten an Hyazinth ungewöhnlich war, wirkte er in ihren Augen verändert. „Ich habe deine Liebe zu mir auf die Probe gestellt", begann sie zögernd „und habe mich dabei selbst betrogen." „Diese Schuldzuweisung ist falsch. Ich habe den Fehler begangen". erwiderte Hyazinth. „Du kennst meine Hinterhältigkeit nicht", sagte sie matt. „Von mir erhielt Britta förmlich den Auftrag, dich zu verführen, ich wollte die traurige Gewissheit…" „Ihr habt das abgesprochen?", entfuhr es Hyazinth. „Nicht in allen Einzelheiten, aber geschmacklos genug, um nicht nur andere, sondern auch sich selber damit in Verlegenheit zu bringen."

Sie gingen eine Weile schweigend über den weichen Rasen, als sich Paule zu ihnen gesellte. „Wie zwei Liebende seht ihr aus, nur treibt ihr es zu auffällig", meinte er, ohne die Situation zu überschauen. „Das ist ein Stilbruch, Herr Professor!", fuhr er fort, wer den falschen Anschein erweckt, macht sich zu Recht auch schon verdächtig!" „Sei nicht so scheinteuflisch!", versuchte Hyazinth vordergründig das Gespräch abzuwenden „Misstraust du einem Menschen, so nimm ihn nicht zum Freund, hast du ihn jedoch zum Freund, so misstraue ihm nicht!"

Als Sonja die beiden Männer verlassen hatte, wollte Paule weiter ulken. „Du und Sonja, zwei harmlose in einem Bett! Wenn ich einmal ganz traurig bin, dann werde ich mir diesen Witz in er in Erinnerung rufen." „Neidgenosse!", entgegnete Hyazinth, noch immer willens, den Gesprächspartner abzuschütteln. Doch der ließ nicht locker. „Jede Dummheit findet einen, der sie begeht. Warum sollte auch nicht für dich, Herr Professor, die Praxis das Haarfärbemittel für die Graue Theorie sein?", sagte er spöttisch und er wiederholte seine Thesen über den Zusammenhang von Form und Inhalt, die er zuvor mit Frau Hygens abgeklärt hatte. Seine Aussage gipfelte in der Bemerkung, ein Seitensprung Hyazinths mit Sonja sei für ihn vergleichbar mit einem Dreikönigstreffen von Antiklerikalen. Dieses Gespräch versandete in
unzähligen Ungereimtheiten und Missverständnissen.

In der Nacht plagte Hyazinth ein Angsttraum. Nacheinander hatte er mit verschiedenen Frauen der Weltgeschichte das gleiche Traumerlebnis: Kleopatra, Puttifar, Brunhild, Madame. Pompadour und Lady Hamilton erschienen ihm. Sie gaben sich in ihren Gesprächen ihm gegenüber unersättlich in der Liebe, aber sie verweigerten ihm jegliche Intimitäten. Jedes Mal, wenn er aus einem dieser Traumbilder erwachte, vermeinte er Kreislaufbeschwerden zu haben. Diese nächtlichen Erlebnisse beschäftigten ihn noch tagelang. Immer wieder kam ihm die Erinnerung an die abweisende Haltung seiner Traumgestalten. Auch die damit verbundenen Angstgefühle blieben.

Es kam der Tag des Besuches von Britta in seiner Vorlesung. Sie hatte sich verabredungsgemäß einige Minuten vor Veranstaltungsbeginn in seinem Sekretariat eingefunden. Ihre Garderobe war etwas zu fein gewählt, als dass man sie nicht auf Anhieb von seinen Studentinnen hätte unterscheiden können. Sie trug eine sehr eng anliegende hellblaue Seidenhose, die nichts von den Konturen ihres Körpers verbarg und darüber eine im Ton fein abgestimmte weite Bluse, die je nach Körperhaltung ihrer Trägerin ihre gute Figur zur Geltung brachte.

Als Hyazinth mit Britta und seinem Vorlesungsassistenten den Hörsaal betrat, bot sich ihm das gewohnte Bild. In den ersten beiden Reihen erblickte er die Garde der ihn anhimmelnden Studentinnen, welche heute misstrauisch auf ihn schauten, da er in Begleitung Brittas kam. Durchsetzt war diese Gruppe weiblicher Wesen von einigen Studenten, die besonders strebsam waren und Plätze in den ersten Reihen aufsuchten, um sich nichts von seinen Äußerungen und Experimenten entgehen zu lassen. Der Rest des Hörsaals war zum größeren Anteil mit jungen Männern und zum geringeren Teil mit jungen Frauen besetzt in den letzten Reihen erblickte er alte Bekannte, so genannte Wiederholer, die Schwierigkeiten mit ihrer Zwischenprüfung in seinem Fach gehabt hatten und sich nun in einem zweiten Anlauf auf seine Klausur vorbereiteten.

Als er sein Pult betrat, schlug ihm seitens der Zuhörer eine leichte Unruhe entgegen, die er sonst nicht gewohnt war. Sie bezog sich offensichtlich auf seine Begleiterin. Hyazinth trat die Flucht nach vorne an, indem er seine übliche stereotype Anrede „Meine Damen und Herren!" um die Bemerkung ergänzte „Wir haben heute einen Gast, der sich über das Flair einer naturwissenschaftlichen Vorlesung informieren möchte."

Sodann entwickelte er zunächst theoretisch seinen Stoff. Gegenstand seiner Vorlesung war dieses Mal das menschliche Auge. Nach etlichen Begriffsbestimmungen zog er wie üblich eine Show von Experimenten vor seinen Zuhörern ab. Dafür war er bekannt und deswegen war seine Vorlesung auch beliebt unter den Studierenden. Dabei bezog er wie immer seine Zuhörerschaft in die Versuche mit ein. Als er gegen Ende seiner Veranstaltung auf die unterschiedliche Besetzung des Augenhintergrundes mit lichtempfindlichen Sinneszellen zu sprechen kam, empfahl er seinen Zuhörern einen Nachtspaziergang bei sternenklarem Himmel. „Fixieren Sie einen Stern an", riet er seinen Zuhörern „Und sie werden bemerken, dass sie ihn nicht sehen können. Erst wenn sie ihren Kopf geringfügig zur Seite drehen, so dass sein Bild auf der Netzhaut ihres Auges außerhalb der optischen Achse erscheint, wird er für sie sichtbar. Wenn man bei einem Spaziergang zu zweit bei sternenklarer Nacht seinen Kopf schon einmal leicht gedreht hat, so kann man meines Wissens noch ein weiteres Experiment anschließen, das dann aber nicht mehr in meinen Kompetenzbereich fällt."

Begeisterndes Klopfen besonders der männlichen Zuhörer antwortete ihm. Er bedankte sich per Handschlag bei seinem Vorlesungsassistenten und strebte seinem Sekretariat zu. Britta folgte ihm. Sie brauchte einige Zeit, sich aus dem Knäuel der den Hörsaal verlassenden Studenten zu lösen. Als sie in sein Dienstzimmer kam, wartete sie ungeduldig, bis seine Sekretärin, der er diverse Unterschriften leisten musste, den Raum verlassen hatte. Dann fiel Britta ihm um den Hals. „Du bist ja fabelhaft! Meine ehemaligen Professoren waren viel langweiliger!" „Das liegt sicher am Fach", wehrte er ab. Ehe er sich's versah, saß Britta rittlings auf seinem Schoß. Hastig öffnete sie seine Kleidung, so weit das nötig war und begann ihn zu liebkosen. Er bemerkte nur noch, wie auch er ihren Körper liebestoll anzutasten und zu streicheln versuchte. Dann verfielen beide in einen Liebesrausch. Sie genossen es, dass jeden Moment jemand hereinkommen und Zeuge ihrer wilden Leidenschaft werden konnte.

Das Liebesabenteuer in Hyazinths Zimmer hinterließ an Brittas feiner Garderobe deutlich Spuren. Da sie in dieser Aufmachung nicht mehr auf die Straße treten konnte, besorgte ihr Hyazinth eilfertig einen weißen Laborkittel. Diesen zog sie rasch an. Mit den Worten „Ich glaube ich bin Nymphomanin, jetzt möchte ich unbedingt mit meinem Mann schlafen!", verließ sie fluchtartig den verblüfften Hyazinth. Vom Fenster seines Arbeitszimmers aus sah er sie noch hastig in ihren Wagen steigen und davon brausen.

Er hörte von Britta erst wieder von einer Italienreise. Auf offener Ferienkarte schrieb sie ihm, dass sie sich bald wieder mit einem verständigen älteren Herrn aussprechen müsse, um ihre Erlebnisse zu verarbeiten.

In dem Maße, in dem Hyazinth Liebeserlebnisse außerhalb seiner Ehe hatte, intensivierte er auch seine Zuneigung gegenüber seiner Frau, so dass er über sich den Eindruck gewann, seine Seitensprünge würden seiner Ehe eher nutzen als Schaden. Beate Hardenberg genoss die Erfahrung des ihr angetrauten Liebhabers, ahnt jedoch, ohne sich peinliche Gewissheit verschaffen zu wollen, dass diese Erfahrung ihre Vorgeschichte hatte.

Hyazinths Probleme mit seinem Kreislauf häuften sich seit jenem Albtraum. Er persönlich gewann den Eindruck, dass Sonjas Zurückhaltung die Ursache sein könne, der Arzt sprach schlicht von Überforderung in der Liebe und schickte ihn zur Kur, um seinen Gesundheitszustand zu stabilisieren.

So landete er für sechs Wochen in einem idyllisch gelegenen Privatbad zwischen Rhön und Vogelsberg. Seine Heilquellen werden zu Bade- und zu Trinkkuren genutzt. Der Tagesablauf ist den Bedürfnissen Kreislaufkranker angepasst. Sogar spezielle Spazierwege enthalten Hinweise über den körperlichen Schwierigkeitsgrad, den der zuständige Badearzt verordnet. Außerhalb der badeärztlichen Verordnung wird der Kreislauf der Patienten durch Therapien geregelt, die sie sich selbst verpassen. Wie in fast allen anderen Badeort war es auch hier üblich, sich für die Zeit der Kur einem Partner des anderen Geschlechts mehr oder weniger eng anzuschließen. Diese Partner auf Zeit werden Kurschatten genannt und sie führten in besagtem Privatbad nicht nur ein Schattendasein.

Hyazinth war in Bad Salzschlirf in einem kleinen Hotel untergebracht, das diesen Namen eigentlich nicht verdiente; weder von der Ausstattung noch von der Größe her war die Bezeichnung gerechtfertigt, aber sie prangte nun einmal in großen Lettern an dem Haus. Obwohl Hyazinth sich vorgenommen hatte, keinen Kurschatten anzulachen, war er bald von den weiblichen Wesen seines kleinen Hotels umschwärmt. Dazu trug auch bei, dass sich sein Beruf herumsprach, denn nichts ist in einem Badeort wichtiger auf der Beliebtheitsrangord-nung als Sozialprestige. Da machen sich Straßenkehrer zu Topmanagern, um mitbieten zu können. Ob es an seinem Umgang mit Studenten lag oder andere Gründe haben mochte, es erwischte ihn wieder in Form einer äußerst attraktiven Studentin namens Petra, die ebenfalls dort zur Kur weilte. Sie hatte etwas Besonderes an sich, war ihm durch ihre Zurückhaltung aufgefallen und konnte im Gegensatz zu vielen anderen jungen Leuten auch bei ernsteren Gesprächen gut zu hören.

Seine mit Zurückhaltung ihr entgegen gebrachte Zuneigung schien gerade das zu sein, worauf sie gewartet hatte. Auf ihren langen Spaziergängen im Tal des Flüsschens Schlitz oder über den bewaldeten Söderberg erzählte Petra von ihrem Elternhaus in Berlin, der beruflichen Karriere ihrer Verwandten während er ihr klarzumachen versuchte, dass die heutigen Universitäten eher als Rummelplatz der Intellektualität, denn als Forschungsstätten anzusehen seien und Studenten aus seiner Sicht mehrheitlich Personen darstellten, deren Bedürfnishierarchie mit Hilfe von Steuergeldern verstimmt wurde.

Er merkte, dass Petra lernbegierig alle seine Worte aufsog. Aus den intensiven Gesprächen, die beide beim Brunnentrinken, beim Besuch im Café Sonnenkanzel oder auf dem eiligen Nachhauseweg um 22:00 Uhr vom Schweizer Haus führten - um

22:30 Uhr mussten alle Kurgäste in ihren Hotels sein, da wurde unerbittlich pünktlich die Haustür abgesperrt - ergab sich eine Vertraulichkeit, die sehr schnell zum Du und zu Körperkontakt führte. Zu mehr kam es allerdings nicht.

Als Hyazinth sich eingestehen musste, dass es sich bei seiner Zuneigung zu Petra um Liebe auf den zweiten Blick handelte, und er mit ihr schlafen wollte, zeigte sie sich diesen Wünschen gegenüber sehr reserviert, ohne ihr Interesse an ihm aufzugeben.

Hyazinth versuchte sie mit einem Gedicht zu erobern. Es fiel ihm nicht schwer, ihre Schönheit und Üppigkeit in Versen zu beschreiben. Auch hatte er als Badegast Zeit zum Dichten. Die besten Reime gelangen ihm immer während des Kurkonzertes. Es wurde Kaffeehausmusik gespielt, diese lag Petra nicht. So blieb sie in der Regel diesen Veranstaltungen fern und er konnte ungestört Verse über sie schmieden. Er baute auch einige gewagte Stellen ein, über ihren Busen, die sie errötend machen sollten. Schließlich überreichte er sein Opus. Dieser Pfeil saß nicht! Petra fand es antiquiert, von Liebhabern mit eigenen Versen traktiert zu werden

Hyazinth unternahm einen zweiten Anlauf. Bewusst verzögerte er die abendliche Rückkehr. Man hatte im Freien auf der Tagesgaststätte Marienlust gesessen bis die Dämmerung alle umfing. Der Weg führte von diesem Ausflugslokal über einen dunklen Waldweg in den Badeort. Das einzige, was er auf diesem dunklen Pfad erreichen konnte, war ein flüchtiger Kuss auf seine Wange als Dank für den netten Abend. Als beide dann vor verschlossener Tür ihres Hotels standen und er ihr anbot, mit auf sein Zimmer zu kommen – Hyazinth hatte als Privileg einen eigenen Hautürschlüssel -, willigte Petra ohne zu zögern ein. Seine Vorfreude war jedoch verfrüht. Sie teilte zwar wie selbstverständlich mit ihm das Bett. Zu mehr wollte sie es aber nicht kommen lassen. Er tat ihr liebevoll Zwang an und brachte sie dabei auch gegen ihren Willen in Erregung, seine eigenen Gefühle blieben aber dabei auf der Strecke.

Gegen Morgen massierte er liebevoll ihre Augenbrauen und ihre Stirn. Sie ließ es geschehen, drückte aber ihre Enttäuschung über sein brutales Vorgehen der letzten Nacht aus.

Der Tagesplan eines Kurgastes besteht in frühem Aufstehen, damit Heilbäder genommen und Massagen verabreicht werden können. Diesen Sachzwängen folgend, mussten beide sich nunmehr schleunigst erheben und er seine Bettgefährtin möglichst unbemerkt aus seinem Hotel schleusen.

Zurück blieb ein Liebhaber, der sich und die Welt nicht mehr verstand. „Da hast du mit einer schönen jungen Frau geschlafen, die dich gerne hat und die du begehrst, und bist dennoch nicht zum Ziel deiner Sehnsüchte gelangt!"

Noch am selben Tage begann er einen Roman über Petra zu schreiben. Ihn begann diese Frau nun auch wissenschaftlich zu interessieren. Sie war für ihn ungewöhnlich. So schrieb er:

"Die Zeit mit Petra"

„Siebenmal habe ich Ihre Nähe gesucht, aber nicht gefunden. Siebenmal erlebte ich sie auf jeweils andere Weise. Vor einem achten Male scheue ich zurück. Zum einen wäre damit eine magische Zahl überschritten, zum anderen könnte sich bei zu systematischem Hinsehen das Besondere an ihr doch noch relativieren, verflüchtigen. Das wäre schade. Mir geht es auch um

schöne Erinnerungen.

Die Art von Weiblichkeit, welche sie verkörpert, ist seit mehr als 1000 Jahren im Gerede. Es ist dies die Üppigkeit, die zur Eindämmung, zur Kultivierung nahezu herausfordert.

Meine Gefühle ihr gegenüber begann ich unmittelbar nach unserem ersten Zusammentreffen zu studieren. Inmitten einer Vielzahl junger Leute, die sich zum Teil ebenfalls vor mir produzieren wollten, fiel sie mir auf.

Das zweite Zusammentreffen war provoziert. Als Lendenschurz für gewisse geistige Blößen benutzte sie die Teilnahme an einer Fahrt mit Erfahrenen. Ich hatte diese Wallfahrt nicht gerade als eine Olympiade der frommen organisiert, aber genau so fasste sie es nun auf. Mir ist bis heute unklar, ob da nicht Berechnung im Spiel war.

Alte Männer sind gefährlich; ihnen ist die Zukunft ganz egal. So versuchte ich sie im verbindlichen gesellschaftlichen Rahmen einer wissenschaftlichen Tagung zu überfordern. Der Test auf seelische Versteppung förderte eine neue Variante zu Tage: Als Kontrast zur Tagung präsentierte sie sich als Frau, die gerne und oft von einem Casanova träumt, den sie aber ganz alleine für sich haben möchte.

Was Sie bei dieser Gelegenheit sonst noch erzählte, zeugte von einem etwas überbelichteten Leben.

Nun nahm ich die Taube genau ins Visier. Auf einen Treffer mit Folgen oder ein Verfehlen des Zieles war ich vorbereitet, nicht aber auf Irritation einer sehr auf Zuneigung bedachten Frau im Augenblick der erlebten Zuneigung. Das Streicheln ihrer Haare machte sie verlegen wie eine sechsjährige, die ein Gedicht vortragen soll.

Also doch Kurzstreckenträumer - Schulpflicht für den Lehrer? Als alleinstehender Raubritter lud ich sie zum Schwimmen ein, sportliche Anstrich für Unsportliche. Statt der erwarteten Natürlichkeit erntete ich Dutzende von "Rühr mich nicht an Blicken".

Ob es nun die Demonstration der Naivität in Sachen Flirt mit einem jungen italienischen Kellner in einem Weinlokal oder der verräterische Ehrgeiz ist, um jeden Preis berührt zu werden, wie es sich bei einem späteren Nachtgespräch ergab, immer wieder überraschende Szenen: Ein Weib mit männlichen Ambitionen, auch in der Liebe - vielleicht weil sie lange Zeit als einziges Mädchen in einer Jungenklasse verbrachte.

Belastbar ist sie bestenfalls wie ein durchschnittliches Mädchen ihrer Umgebung. Ihre Eitelkeit war schnell und nachhaltig verletzt.

Solche Vielfalt fasziniert mich; das alles gleichzeitig ist die Harmonie unter Teufeln. Ich träumte ab und zu davon - ich träumte von ihr. Die Angst vor dem Erwachen aus solchen Träumen muss man sich als Mann gönnen.

Ja, ihren Geburtstag habe ich nach allem natürlich vergessen, aber er kommt ja mal wieder. Oder besteht die Menschheit doch aus mehr Toten als Lebenden?

Eines ist sicher, unter vier Augen werde ich ihr beim nächsten Mal nicht mehr begegnen, einen Anstandswauwau nehme ich mindestens mit. Schließlich ist meine Eitelkeit auch gekränkt. Auf ernsthaftes Bemühen um eine Freundschaft unerwartete Reaktionen zu erleben ist wissenschaftlich sehr interessant, aber persönlich ärgerliches.

Ein normaler Bursche fühlt sich unwohl im Spannungsfeld zwischen kalter Berechnung, Naivität und fataler Weiblichkeit - doch halt, trifft mich das? Solidarisieren sich nicht immer wieder die Dummköpfe wider mich? Bin ich also ein normaler Bursche? Jüngere besitzen ein Motorrad als Droge ich aber habe ...."

Fertig wurde dieser Roman nie. Nicht nur, weil Hyazinths Kur zu Ende ging und andere zeitliche Belastungen auf ihn warteten. Nach seiner Rückkehr nach Hamburg erlebte er eine Überraschung: Li Yue Sai! Sie war aus Hongkong angereist. Die

58

Chinesin hatte sein ungültiges Flugticket umschreiben lassen und es war ihr damit der Sprung aus der Armut in Hongkong in die Bundesrepublik gelungen. Nun stand sie in aller Bescheidenheit vor ihm. Ihr Ausdruck forderte Entschuldigung, Hilfe und Liebe zugleich. Er verschaffte ihr die Stelle einer Küchenhilfe im chinesischen Restaurant Ni Hao.

Die Früchte seiner Liebschaften begannen ihm über den Kopf zu wachsen. Den Misserfolgen bei seiner Geliebten Sonja und seiner Kurbekanntschaft Petra stand ein Überangebot durch seine Ehefrau, durch Li Yue Sai und durch Britta gegenüber.

Er stellte sich wiederholt die Frage „Wie viel Liebe braucht ein Mann?"

In seinem Ohnmachtbewusstsein beschloss er, die weitere Entwicklung ganz dem Zufall zu überlassen. Er reagierte nur noch auf seine Umgebung.

Eine Tagung führte ihn zufällig nach Berlin. Petra war erfreut, ihn wieder zu sehen; sie hatte nicht mit einer derartigen Anhänglichkeit gerechnet. Sie war bereit, sich mit Hyazinth in der Bar des Hotels Kempinski zutreffen, sie bummelten über den Kurfürstendamm und kehrten in verschiedenen Kreuzberger Bierlokalen ein. Sie nahm bisweilen auch willig seinen Arm, nur küssen ließ sie sich nicht und auf sein Anerbieten, sie nach Hause zu bringen, reagierte Petra allergisch. Immer erschien sie zu verabredeten Treffpunkten mit einem älteren Sportwagen, den man bei schönem Wetter auch offen fahren konnte und immer verschwand sie nach jedem Stelldichein mit diesem Gefährt.

Als er mithilfe eines gewitzten Berliner Taxifahrers Detektiv spielte, um Petra auf die Spur zu kommen, erlebte er die Auflösung des Phänomens "Petra". Sie verschwand in einer Lesbenkneipe, wie ihn sein Chauffeur in knappen Worten aufklärte.

Am folgenden Tage hatten sie sich im Museum in Dahlem verabredet. „Du versuchst offenbar auf dem zweiten erotischen Bildungsweg zum Ziel zu kommen", eröffnete Hyazinth die Begegnung. Als er keine Antwort erhielt, fuhr er theatralisch fort: „Leute liebt lesbisch! Dann liebt ihr modern!"

„Epikur ist ein Zeuge für alle Zwecke", ließ sie sich jetzt gereizt vernehmen „Das ist die einzige Antwort, die auch du verstehst!" „Das hört sich ja so an, als ob es aus deiner Sicht noch mehr dazu zu sagen gäbe?", bemerkte er ungläubig. Sein Tonfall klang dabei übertrieben fürsorglich.

„Dein Moralquotient ist unterdurchschnittlich, so gut kenne ich dich", entfuhr es ihr verärgert, „Ein klassischer Partner, der einigen Insekten gleich eine Blüte nach der anderen aufsucht."

„Wenn du das alles so klar durchschaust, warum hast du dich mit mir denn soweit eingelassen?" Hyazinths Stimme klang jetzt wieder beherrscht und leise und er zeigte ein entspanntes Lächeln, das von Petra auch nicht missverstanden wurde. „Ich habe als Frau genauso viel Sex im Kopf wie ein Mann", sagte sie, und es klang wie ein auswendig gelernter Satz, den sie schon oft ausgesprochen hatte, als sie fortfuhr „mich reizt über mein erfülltes Liebesleben hinaus die Verführung des Casanova!", ergänzte sie im gleichen Ton.

„Ich unterhalte mich am liebsten mit Gesprächspartnern, die Sprechdenken praktizieren und nicht unreflektiert Parolen verbreiten. Ich bin nicht zu dieser Unterhaltung erschienen, um mich mit dir über deinen Moralquotienten zu streiten, um dich möglicherweise zu verstehen, möglicherweise."

Petra hatte sich noch nicht gefangen. „Dein Leben verfilmt ergäbe mindestens noch einen Pornofilm für Puritaner", sagte sie wütend. „Du leidest an geistiger Überdüngung!"

Hyazinth behielt seine Ruhe als er erwiderte: „Und du betreibst wohl den geistigen Umweltschutz?"

Während dieser Unterhaltung waren sie durch das Museum geschlendert, ohne sich bestimmte Ausstellungsstücke dabei anzusehen. Nun blieb Petra demonstrativ vor einer Skulptur stehen. „Kunst ist oft unvorstellbar und moralisch", sagte er „Lass uns unter diesem Aspekt den Rundgang durch den Musentempel fortsetzen! Wir wollen nicht unfair gegen uns selbst sein!"

Wortlos setzten beide ihren Rundgang fort.

Petra äußerte den Wunsch, sich nicht mehr mit Hyazinth treffen zu wollen. „Ich werde das respektieren", sagte er daraufhin. „Ich rate dir zu einem Italienaufenthalt. Von italienischen Männern hast du bisweilen geschwärmt. Vielleicht verhilft dir diese Vorliebe aus deiner Monovalenz. Ganz ohne Mann kommt eine Frau im Leben nicht aus", sagte er in einer Mischung aus Ironie und freundschaftliche Zuneigung zum Abschied zu ihr. Sie drehte sich wortlos um und verschwand.

Einen Monat nach Hyazinths Berlinaufenthalt meldete sich Petra mit schüchterner Stimme während einer seiner Dienstbesprechungen am Telefon. Er schilderte ihr seine augenblickliche Situation und wollte mit ihr einen anderen Gesprächszeitpunkt ausmachen, doch Petra sagte: „Ich möchte dir nur sagen, dass ich dich sehr lieb habe und dich gerne lieben möchte, körperlich lieben", dann legte sie am anderen Ende der Leitung den Hörer auf.

Hyazinth war erstaunt. Er dachte öfter über den Anruf nach, aber er unternahm nichts. Ein zweiter Anruf kam nicht. In dem Maße, in dem er die Beziehungen zu den ihm nahe stehenden Frauen treiben lies - seine Frau wartete vergeblich auf eine Erklärung über das Auftauchen von Li Yue Sai - widmete er sich der Barmusik. Er nahm ein Engagement an, das ihn an zwei Abenden in der Woche zu später Stunde als Pianist verpflichtete. Nach einigen Auftritten bestimmte die Routine mehr und mehr den Ablauf seines Klavierspiels und die Abende trugen zu seiner Entspannung bei.

Er fragte sich oft, warum ihn diese Szene überhaupt anzog, eine Antwort fand er selbst darauf nicht.

Diese nebenberufliche Tätigkeit brachte eine weitere Annäherung zwischen ihm und der Barfrau Petty mit sich. Nahezu zwanglos befanden sich beide nach einiger Zeit zusammen im Bett wieder. Für beide war es keine Liebe, sondern eine alltägliche Handlung, die man miteinander vollzog, und die ein wenig Freude bereitete; aber genauso gut hätten sie beide auch darauf verzichten können, eine gelegentliche körperliche Bindung mit schönen Gefühlen aber ohne jegliches Geheimnis und jegliche Verpflichtung. "Statt zum Kegelabend ins fremde Bett" musste Hyazinth bei einer dieser Gelegenheiten einmal denken.

Zufälle hatten oft im Leben Hyazinths eine Rolle gespielt. Er war sich dessen bewusst. In seiner Erinnerung überwogen die glücklichen Zufälle. Mit solchen Erinnerungen beschäftigt, schritt er eines Abends die Baum bestandene Allee vor seinem Hause entlang. Es war Herbst und die Straße wäre eine gute Filmkulisse gewesen. Hyazinth wurde von herbstlichen Gedanken heimgesucht. Sein Gesundheitszustand hatte sich durch die Kur nicht gebessert, seine Frauenprobleme hatten sich nicht von selbst gelöst, sein Leistungsbewusstsein war innerhalb von wenigen Monaten in Melancholie umgeschlagen. Er nahm seine beruflichen Pflichten nur noch routineartig war. Gesprächen mit Freunden, die er früher so oft und gerne geführt hatte, ging er aus dem Wege, von den vielen Sportarten, die er bisher mit einiger Gewandtheit betrieben hatte, liebte er lediglich noch das Segeln auf der Alster. Dabei setzte er sich wie sonst nie zuvor immer wieder extremen Situationen aus. So ließ er sich bei einer Segelpartie mit Paul Mielke, der des Segelns unkundig war, achtern aus dem am Wind segelnden Boot fallen, um auszuprobieren, ob sich sein luvgieriges Fahrzeug von selbst auch in den Wind drehe und keine Fahrt mehr mache, so dass er ohne fremde Hilfe aus eigener Kraft wieder an Bord gelänge. Der zu Tode erschrockene Paule sparte dann auch nicht mit Vorwürfen, als Hyazinth ihn im Nachhinein über dessen relative Sicherheit aufgeklärt hatte. „Du spielst mit deiner Umwelt!", warf Pauly dem triefenden Hyazinth vor. „Das ist besonders schändlich, wenn es sich auf Freunde bezieht. Du bist unfair gegenüber deiner Umgebung!" „Ich bin bestenfalls unfair gegenüber mir selbst!" „Früher hielt ich dich für die rechte Mischung aus Gut und Böse, heute gehen meine Gefühle er in Richtung Verachtung."

„Weil ich dich bei dem "Mann-über-Bord-Manöver" für einige Minuten alleine im Boot ließ, willst du jetzt nichts mehr von mir wissen?", fragte Hyazinth. „Du hast mit Sonja ein Verhältnis! Schämst du dich denn nicht! Was hast du für einen Begriff von Moral!" „Ich hätte gerne mit Sonja ein Verhältnis!" „Na, was da nach meinen Informationen gelaufen ist, kann wohl kaum noch überboten werden!", sagte Paule entrüstet und drohend, „Deine Ironie geht ins Leere! Du hast die Welt zum Rummelplatz degradiert und uns, deiner Umgebung, weismachen wollen, dass du ausschließlich dem Guten, Wahren und Schönen dienst, Herr Professor!"

„Jetzt bringst du wohl alles durcheinander! Dass diese Fülle der Gefühle der trockene Schleicher stören muss!" „Mir macht es nichts aus, mit dem Famulus verglichen zu werden, beunruhigen tut mich nur, dass du dabei in die Rolle des Dr. Faust schlüpfen willst, wo du doch der Mephisto bist. Die Heiligsprechung eines Satans wirst du damit nicht ertricksen!"

„Was ist das für eine Wortwahl! Paule ich glaube, unsere Wege sollten sich für immer trennen! Ich habe mehrere Gründe, dieses vorzuschlagen."

„Ich hätte große Lust, über dein unmoralisches Doppelleben ein Buch zu schreiben. Professoren wie du sind keineswegs die geistigen Leithammel einer Nation, sondern deren Neidhammel!"

„Schreibt dein Buch, ich prophezeie dir, es wird ein Trauerspiel, das Trauerspiel eines Clowns!", entgegnete Hyazinth scharf. „Meine Abrechnung ist noch nicht fertig!", empörte sich Paule. „Dann betreibe sie lautlos weiter, damit du keine Zeugen deines Unsinns hast!", schloss Hyazinth die Unterhaltung ab.

Sie segelten an den Anlegesteg. Hyazinth ließ gekonnt erst die Fock und dann das Großsegel nieder. Mit seinem letzten Schwung erreichte das Segelboot den Liegeplatz. Bevor er vom Bug des Bootes aus eine Leine mit einem fachmännischen Palsteg an einem Ring des Anlegesteges festmachen konnte, versuchte Paule mit einem Sprung das Segelboot und damit auch Hyazinth so schnell wie möglich zu verlassen. Er versuchte es wohl gemerkt, sein Versuch war ein vergebliches Bemühen. In dem Maße, indem er sich mit seinem Sprungbein von dem leichten Gefährt abstieß, wich dieses noch unangebundene Boot nach hinten aus, so dass die geplante Sprungweite sich erheblich verkürzte und Paule zwischen Steg und Boot ins Wasser klatschte. Hyazinth sagte nichts. Den Spott besorgten die Umstehenden im Übermaß. Sie halfen Paule ans Land und er verließ wie eine nasse Katze den Ort des Geschehens.

Hyazinth informierte am Abend dieses Tages seine Frau Beate über das Zerwürfnis mit Paule vordergründig. Innerlich beschäftigten ihn die Attacken Paules stärker, als er sich eingestehen wollte. Was würde ein Mann vom Schlage Paules erst sagen, wenn er einen wirklichen Einblick in sein, in Hyazinths Leben hätte!

An diesem Abend ging Hyazinth gegen Einbruch der Dunkelheit mit seinem Collie spazieren. Es war üblich, das schöne Tier um diese Zeit auszuführen. Er musste unablässig an Dantes göttliche Komödie denken. Es war als Epos der menschlichen Erfahrung gedacht. Wilde Tiere symbolisierten die Grundlaster und stellten sich Dante in den Weg: Die Wölfin als Habgier, die Löwin als Stolz, die Leopardin als Sinnlichkeit. Er suchte einen persönlichen Bezug zum Inhalt und fand ihn nicht. „Ich muss demnächst darüber nachsinnen", sagte er zu sich selbst, „ob es nicht doch mehr ein theoretisches Lehrgedicht ist, denn es handelt ja vom Jenseits und wer hat davon schon Erfahrung, ob er Dante oder Herrenberg zu seinen Lebzeiten hieß."

In diesem Augenblick verspürte er einen Stich zwischen seinen Schulterblättern. Jäh versagten ihm seine Füße den Dienst. Er stürzte zu Boden und bemerkte noch, wie sein Hund einen über ihm stehenden Mann ansprang und zu Boden riss. Er konnte sich nicht mehr regen, nur seinen Blick in die über ihm ausgebreiteten Baumkronen richten. „Wie eine Filmkulisse!" konnte er noch denken, dann drehte sich diese Kulisse rasend schnell und Hyazinth umfing tiefe Nacht.

Beate Hardenberg erhielt einen Brief von Paul Mielke aus der Untersuchungshaft. Sie öffnete ihn nicht. Es war der Tag der Beisetzung von Hyazinth. Auf Ihren Wunsch hin traf sich die Trauergesellschaft nicht im Hause Herrenberg, sondern erst in der Friedhofskapelle in Ohlsdorf.

Die Beisetzungsfeierlichkeiten für Hyazinth Herrenberg brachten Leben auf den Hamburger Hauptfriedhof. Alle waren erschienen, Studierende, Kollegen, Vereine, in welchen der verstorbene Mitglied war, eine Partei, für die er Ehrenämter ausgeübt hatte, sowie wegen der Außergewöhnlichkeit des Falles die Presse in allen Schattierungen. Dagegen machte sich die Schar der engeren Freunde wie ein kleines Häuflein aus.

Es wurden einige Grabreden gehalten. In Erinnerung blieb Beate Hardenberg nur ein Satz des Vertreters der Universität haften. „Welch großer Denker ahnt schon, wessen Geistes Vater er sein wird!"

Während das Laub von den Bäumen fiel, senkten die Totengräber seinen Sarg ins Grab hinab. Obwohl Beate Hardenberg wusste, dass noch mehr Frauen um Hyazinth trauerten, weinte sie und ihre Tränen waren echt.

Hemmungslos schluchzte Britta, die in letzter Minute aus Italien angereist war. Ihr fehlte nun die geistige Komponente für ihr sinnliches Leben.

Sonja beweinte das Ende ihrer unsterblichen Liebe zu Hyazinth. Ihre Zurückhaltung der letzten Monate hätte sie am liebsten dadurch wieder wettgemacht, dass sie ins Grab gesprungen wäre.

Li Yue Sai erinnerte sich an Hayazinths Grab eines Satzes, den sie von ihm in Hongkong gehört hatte:„Die Seidenraupe ist ein gefährliches Tier, den aus ihr werden Kleider für schöne Frauen gemacht!" Sie musste auch an ein altes Sprichwort aus ihrer Heimat denken: "Die Liebe ist ein gefährliches Tier, wenn du sie nicht bändigst, kann sie dich umbringen." So sinnend stand sie am Grabe konnte vor Trauer und Verlassenheit keine Träne weinen.

Die Tränen von Petty waren nicht die Tränen der Kurtisane. Sie betrauerte in Hyazinth einen Mann, der sie ernst genommen hatte.

Frau Hygen und Elke Simmer hatten, so verschieden sie waren, am Grabe Hyazinths das gleiche Verlangen. Sie wünscht sich, mit Hyazinth verheiratet gewesen zu sein und insbesondere die wissende Elke Simmer spürte in sich etwas Neid aufkommen gegenüber den weiblichen Trauergästen, denen Hyazinth zu Lebzeiten näher gestanden hatte als ihr.

Irma Lachmann dachte wie die anwesenden Männer am offenen Grabe. Sie hatte einen Freund verloren.

Als Kaplan Albin Kaiser auf Bitten Beate Herrenbergs den Brief Paul Mielkes öffnete, las er dort die Passage: "Ich habe es getan, um deine Ehre wiederherzustellen!"

„Niedere Beweggründe", sagte Kaiser und ließ das Blatt fallen.